La force
d'une passion

Barbara Cartland

La force
d'une passion

Roman

Flamme

Publié en Angleterre par Arrow Books Limited
3 Fitzroy Square, Londres W1P 6JD
sous le titre original :

THE HEART OF THE CLAN

Traduit de l'anglais par
Véronique David Marescot

Pour la traduction française :
© Éditions de Fanval, Paris, 1985

ISBN 2-86928-014-9

Note de l'auteur

La visite effectuée par George IV en Ecosse en 1822 fut un triomphe. Sa Majesté portait le costume traditionnel des Highlands tartan des Stewart, qui appartenait à la famille royale.

Le Roi quitta Londres à bord du *Royal George* le 10 août et, quatre jours plus tard, vers deux heures de l'après-midi, on jetait l'ancre au large de Leith, sous une pluie battante.

Le souverain fut hébergé par le duc de Buccleuch, alors âgé de seize ans, au château de Dalkeith, non loin d'Edimbourg et, lors des repas, des réceptions et des bals, il fit preuve d'un entrain remarquable malgré ses soixante ans.

Le « mariage par déclaration » célébré devant témoins, appelé aussi « mariage irrégulier » fut légal en Ecosse jusqu'à l'abrogation de la loi, en 1949.

CHAPITRE 1

1822

Les chevaux gravirent une dernière côte et s'arrêtèrent au relais. Le laquais sauta à terre et ouvrit la portière de la voiture.

— L' cocher dit qu'on doit attendre un peu que les ch'vaux se r'posent. Si ça vous dit, y a une belle vue, sir.

— Oh je ne veux pas manquer ça ! s'exclama une voix juvénile. Sortons, papa.

— Laisse la portière ouverte, que je puisse profiter de la vue. Je suis trop fatigué pour bouger, répondit le gentilhomme interpellé, un pied posé sur un tabouret.

— Oui, c'est un long voyage, soupira la jeune fille, mais nous sommes presque arrivés.

— Tout juste, miss Sona, approuva le laquais. L'cocher dit que l' château est même pas à dix kilomètres.

Sona lui répondit par un sourire et descendit de voiture. Higman était leur domestique et il avait fait le voyage avec eux, depuis le Sud, pour les aider et servir de laquais, le cas échéant.

Une vaste berline, aux portières frappées des

armoiries ducales, les attendait à la frontière. Ils avaient quitté le Derbyshire trois semaines auparavant, en voyageant par courtes étapes car le colonel Alister McLarron souffrait d'une attaque de goutte, aggravée par le mauvais temps qui l'empêchait de prendre de l'exercice. Mais, maintenant que le printemps, avec ses vents violents, était passé, Sona était sûre que son père allait à nouveau pouvoir marcher sans souffrir.

Quant à elle, elle n'imaginait rien de plus passionnant que ce voyage imprévu en Ecosse qui lui offrait l'occasion de faire connaissance avec sa famille et avec les membres du clan dont elle avait si souvent entendu parler depuis son enfance. Très fier de ses origines écossaises auxquelles il était farouchement attaché, le colonel McLarron avait toujours regretté de devoir vivre en Angleterre. En effet, sa femme qu'il avait adorée, était anglaise et, à sa mort, elle lui avait laissé le joli manoir et les quelques hectares, dans le Derbyshire, qui lui venaient de son père. Ce n'était pas seulement pour des raisons sentimentales qu'il y demeurait avec sa fille unique : des contraintes pécuniaires avaient aussi leur part dans ce choix. Cependant, il n'avait jamais oublié ses racines.

Sona n'avait jamais vu son père aussi heureux que le jour où leur était parvenue la lettre du duc d'InverLarron les invitant au mariage de son fils aîné, le marquis d'Inver.

— Tout le clan sera réuni, avait jubilé le colonel. Tu vas comprendre, ma chérie, ce que j'ai essayé de t'expliquer. Mais il faut le voir de ses propres yeux, le ressentir avec son cœur.

— Vous devenez bien poétique, papa ! l'avait taquiné Sona, qui savait ce que signifiait cette réunion pour son père.

Leur départ pour le Nord avait été précédé de préparatifs fébriles : le colonel avait sorti le grand uniforme de la brigade des Highlands dans laquelle il avait servi. Quant à Sona, elle n'avait pas ménagé sa peine, achetant et cousant de nouvelles robes qui lui permettraient de se présenter, sans avoir à trop rougir, devant sa famille qu'elle connaissait déjà fort bien, sans l'avoir jamais vue.

Le duc d'InverLarron, qui approchait de ses soixante-dix ans, était toujours le chef incontesté, unanimement craint et respecté, des McLarron, servi et obéi par tous, avec cette fidélité et cette soumission presque enfantine que les Ecossais vouent à leurs meilleurs chefs de clan.

— C'est difficile de t'expliquer, à toi qui as été élevée en Angleterre, ce que signifie un chef de clan en Ecosse.

— Vous m'avez toujours dit que c'était un peu plus qu'un Roi et un peu moins que Dieu, papa.

Le colonel avait ri puis avait repris son sérieux pour la mettre en garde.

— Ce n'est pas le genre de choses à dire au château d'InverLarron, ma chérie.

— Je ne vous ferai pas honte, papa, je vous le

promets. Je serai modeste et réservée, exactement la jeune fille à laquelle vous faites semblant de vouloir que je ressemble, avait répondu Sona, le regard pétillant, un sourire qui creusa ses fossettes.

— Que veux-tu dire ?

— Que vous pensez blanc mais que vous dites noir, avait expliqué Sona en riant. Devant le silence de son père, elle avait poursuivi : maman était spirituelle, impulsive, je ne vous l'apprendrai pas, et c'était quelqu'un de passionnant à connaître. J'espère que je lui ressemble.

Ce fut au tour du colonel d'éclater de rire.

— Tu ressembles beaucoup à ta mère, ma chérie, dit-il en attirant Sona. Mais au château, ta conduite devra se conformer à ce qu'ils en attendent, c'est-à-dire, comme toutes les femmes, il faudra te montrer soumise aux hommes du clan.

Durant tout le voyage, Sona avait taquiné son père, en le traitant d'insupportable tyran. Mais, maintenant, devant la splendeur de la vue qui s'offrait à elle, devant la grandeur et la majesté du paysage, elle évoqua l'image du chef qui les attendait. Ils avaient longé la côte est et, juste en dessous d'eux, la mer d'un bleu intense pénétrait dans un estuaire long et étroit. Les bruyères n'étaient pas encore en fleurs, mais les taches d'or des genêts et le vert cru des pins contrastaient avec la nudité aride des collines. Cela ne ressemblait à aucune des régions que Sona avait visitées auparavant mais elle avait l'impression que cette beauté éveillait en elle un écho, comme si elle faisait déjà partie d'elle-même. Charmée, elle s'éloigna de la voiture sans même s'en rendre compte. Elle finit par s'asseoir au bord d'un à-pic de plusieurs centaines de mètres qui dominait un pré encaissé, léché par la mer.

— Je savais que vous vous arrêteriez ici pour admirer la beauté de notre terre ! déclara une voix masculine.

Elle était tellement absorbée dans ses pensées qu'elle sursauta. Elle tourna vivement la tête et découvrit l'homme qui se tenait derrière elle ; elle le trouva presque aussi beau que le paysage qui l'avait subjuguée. Son kilt était aux couleurs des McLarron et son béret portait leur emblème ; Sona supposa qu'il s'agissait de l'un de ses parents et le trouva fort séduisant.

— Permettez-moi de me présenter, dit-il comme s'il lisait dans les pensées de la jeune fille. Je suis Torquil McLarron. J'ai appris que vous arriviez et je tenais à être le premier à vous voir !

— Ce n'est peut-être que par pure curiosité mais c'est quand même très gentil de votre part, répondit Sona ; j'avoue que je suis plutôt impressionnée à la pensée de tous ces gens qui nous attendent au château, mon père et moi.

— Je ne vois pas pourquoi, répliqua Torquil McLarron en s'asseyant à côté d'elle.

— Vous savez qui je suis ? demanda Sona.

— Mais, bien entendu ! Tout le monde sait que nous attendons des invités et d'où ils viennent ; et je n'ai pas besoin de vous dire que c'est l'unique sujet de conversation depuis l'annonce du mariage.

— C'est bien compréhensible, dit Sona avec un sourire. Mon père et moi avons été très émus de recevoir votre invitation.

— Sa Grâce est bien décidée à marquer l'événement. Pour lui, ce sera certainement un triomphe personnel.

— Un triomphe pour le duc ? s'étonna Sona.

Elle était intriguée non seulement par les paroles du jeune homme mais aussi par la note d'amertume qu'elle avait cru déceler dans sa voix.

— Oui, pour le duc ! le marquis n'a aucune envie de se marier.

— Mais alors pourquoi accepte-t-il ?

Torquil McLarron éclata d'un rire sans joie.

— Je vois que vous ignorez ce qu'est le pouvoir d'un chef de clan quand il décide d'en user.

— Oh si ! rétorqua Sona. Mon père m'a maintes et maintes fois répété qu'un chef est le père de son peuple et, de la même façon qu'on le suit au combat jusqu'à la mort, on doit, en temps normal, lui obéir aveuglément.

Le beau Torquil McLarron approuva d'un hochement de tête.

— C'est vrai, mais quelqu'un qui ne vit pas en Ecosse a beaucoup de mal à imaginer que les insoumis n'ont d'autre issue que la fuite.

Il y avait à nouveau de l'amertume dans sa voix.

— Si vous dites vrai... reprit Sona un peu timidement après un silence, je plains le marquis... Je pense que ce doit être horrible... d'épouser quelqu'un que l'on n'aime pas.

— L'amour ! s'exclama le jeune homme. Il n'en est même pas question pour le marquis. Il n'a sûrement jamais aimé qui que ce soit, à part lui-même.

— Mais alors, pourquoi ?... commença Sona.

— La seule chose qui le préoccupe, l'interrompit Torquil McLarron d'une voix vibrante, c'est qu'il va devoir quitter Londres pour venir vivre avec les « barbares » que nous sommes.

— Oh !... non ! murmura Sona malgré elle.

— C'est vrai, affirma Torquil. Il nous méprise parce qu'il a eu tous les privilèges. Vous comprenez ? Le futur duc a fait ses études à Eton et à Oxford. Le futur duc a été présenté à Saint James. Le futur duc doit être à tout moment à la disposition du Roi.

Il devint clair pour Sona que l'homme assis à ses côtés était envieux. De nouveau, il sembla lire dans les pensées de la jeune fille.

— Je ne parle pas seulement pour moi, mais pour tous ceux qui n'ont pas joui de telles facilités et ont dû se contenter des maigres ressources de notre petit royaume.

— Et cela... ne lui a pas suffi ? demanda Sona d'une voix douce.

— Bien sûr que non ! Mais on l'aurait admis si le marquis ressemblait à son père, s'il aimait les siens et la terre pour laquelle nos ancêtres ont combattu et sont morts, si cette terre représentait autre chose pour lui qu'une source de revenus à gaspiller dans le Sud.

La voix de Torquil trahissait une telle exaltation que Sona ne put s'empêcher d'en être émue.

— Puis-je vous demander... déclara-t-elle enfin après un silence, si nous sommes parents... et quel est votre rang au château ?

— Mon rang ?

Torquil McLarron avait répété ces mots avec une pointe de dérision.

— Je ne représente pas grand-chose. Mon père était le cousin germain du duc ; alors, le marquis et moi devons être issus de germains mais cela ne semble guère avoir d'importance à ses yeux.

— Mais vous êtes quand même un McLarron, comme moi, dit Sona.

Son visage s'éclaira d'un sourire.

— Que pourrais-je demander de plus ? Nous sommes du même sang et nos ancêtres ont une histoire commune que personne ne peut nous dénier.

— Bien sûr que non, acquiesça Sona. Puis, après un instant d'hésitation, elle ajouta d'un ton mal assuré : peut-être, quand il sera marié... le marquis... se rangera-t-il et apprendra-t-il à aimer cette terre aussi... profondément que vous.

Elle s'attendait à ce que Torquil McLarron la contredît.

— Je vois, Sona — je pense que je peux vous

appeler par votre prénom — que vous aimeriez que cela soit un conte de fées, avec une fin heureuse.

— Evidemment. Et je souhaite que ma visite ici soit aussi belle que la vue que j'ai sous les yeux en ce moment.

— Alors, nous nous y emploierons, dit Torquil. A tout à l'heure, j'espère.

Tandis qu'il se relevait, Sona aperçut Higman près de la voiture, au sommet de la colline, qui lui faisait signe de la main, et elle se leva aussi.

— Voulez-vous faire la connaissance de mon père ? demanda-t-elle.

— Peut-être aurai-je ce privilège un peu plus tard, répondit le jeune homme. Je pense que vous devez reprendre la route.

— Oui, bien sûr, acquiesça Sona. Il serait sans doute inconvenant d'arriver en retard au château.

D'un pas vif, elle se fraya un chemin à travers les bruyères et, en arrivant près de la voiture, elle fut étonnée de constater que Torquil McLarron ne l'avait pas suivie : il s'éloignait rapidement dans la direction opposée. Elle grimpa en voiture. Une fois installée, elle dit à son père :

— Je pense que vous m'avez vue en grande conversation avec un jeune homme. Et très beau de surcroît.

— Qui était-ce ? Pourquoi n'est-il pas venu se présenter à moi ?

— Je l'en ai prié, mais il a pensé que cela nous retarderait davantage.

— T'a-t-il dit son nom ?

— Oui, c'est Torquil McLarron, son père était cousin germain du duc.

Le colonel fronça les sourcils, l'air songeur.

— Je crois savoir de qui il s'agit, finit-il par déclarer. Si je ne me trompe pas, c'est l'un des secrets honteux de la famille.

— Oh ! non, papa ! Comment est-ce possible ?

— Je voudrais être tout à fait certain avant d'en dire davantage.

— Décidément, vous avez piqué ma curiosité, avoua Sona. Il semblait plein de ressentiment à l'égard du marquis.

— Qu'a-t-il dit ? demanda le colonel avec brusquerie.

— Que le marquis, après avoir profité de tous les privilèges d'une éducation anglaise, préférait vivre avec ses amis, à Londres, plutôt qu'avec son clan, en Ecosse. Est-ce vrai, papa ?

Devant l'hésitation de son père, Sona comprit qu'il pesait soigneusement ses mots.

— Comme tu le sais, dit-il enfin avec lenteur, je ne suis pas revenu en Ecosse depuis mon mariage avec ta mère, mais je suis resté en contact avec de nombreux parents et j'ai vu Napier Inver à Londres.

— Vous l'avez vu ! s'exclama Sona. Comment est-il ?

Il y eut un bref silence.

— C'est un jeune homme plutôt étrange, avec une volonté hors du commun qui rend inévitables les heurts avec son père.

— Vous voulez dire qu'ils ne s'entendent pas ?

Le colonel McLarron acquiesça d'un mouvement de tête.

— D'après ce que j'ai entendu dire, ils se disputaient sans cesse avant que Napier ne parte pour le Sud où il passait son temps avec les dandys qui entouraient le régent.

— Qu'y a-t-il de mal à cela ?

— Tout Ecossais te dirait qu'il est impardonnable de préférer le Sud à sa terre natale. Le colonel observa une pause, puis ajouta : mais, en même temps, il faut reconnaître que c'est en grande partie grâce au marquis que le Roi a décidé de venir en Ecosse cette année.

— Cela va être merveilleux pour les Ecossais.

— Oui, sans doute, concéda le colonel.

Puis il ferma les yeux, signifiant par là que la conversation était terminée.

*
* *

Ils roulaient sur des chemins étroits qui serpentaient entre les pins, franchissaient des ponts de pierre qui enjambaient des cours d'eau, dévalant en cascade le flanc des montagnes et Sona, perplexe, ne pouvait détacher ses pensées de Torquil McLarron et de son amertume à l'égard du

19

marquis, bien qu'il fût naturel qu'un jeune homme n'ayant pas joui des mêmes privilèges se montrât envieux.

Auparavant, quand son père parlait du duc qu'il admirait profondément, ainsi que de son fils, Sona s'était toujours représenté le marquis comme un prince charmant, vivant dans un cadre si romantique et enchanteur qu'il lui semblait plus évocateur que tous les contes de fées qui avaient bercé son enfance. Les récits des combats glorieux où les McLarron s'étaient illustrés, les légendes qui entouraient l'histoire de leur famille lui étaient si familiers, depuis son plus jeune âge, qu'elle ne pouvait supporter qu'on en ternît l'éclat, si peu que ce fût. Un mariage étant par nature un événement palpitant, elle avait imaginé que le marquis était tombé amoureux d'une belle Ecossaise et que leurs noces seraient d'un romantisme plus poignant que toutes les histoires qu'elle avait jamais pu lire. Sona savait que la fiancée, fille du comte de Borabol, possédait les terres contiguës à celles des McLarron.

— Une union très judicieuse, avait déclaré le colonel en recevant l'invitation. Les clans seront solidaires, désormais, et se soutiendront mutuellement.

Sona comprit alors que l'alliance était trop avantageuse pour qu'il pût s'agir d'autre chose que d'un mariage de raison. Comment le marquis, qui vivait en Angleterre, aurait-il pu s'éprendre de la fille du chef de clan voisin au point de vouloir l'épouser ? Le mariage avait donc certainement été arrangé par le duc et le comte de Borabol, sans que les fiancés eussent eu leur mot à dire. Puis, comme cette idée la déprimait, Sona se persuada de son absurdité. Il était évident qu'à trente-deux ans, le marquis était libre de ses actes et pouvait se passer de l'approbation de son père. Et, s'il désirait se marier, pourquoi n'aurait-il pas choisi sa fiancée parmi les beautés qui, si l'on en croyait la rumeur publique, étaient légion à Carlton House ou, à présent que le Roi s'y était installé, à Buckingham Palace ? Sona convenait que c'était ridicule mais Torquil McLarron l'avait troublée et elle envisageait avec une certaine appréhension, maintenant, son séjour au château d'InverLarron, séjour qu'elle avait imaginé jusque-là avec un enthousiasme un peu puéril, peut-être.

Les chevaux les avaient ramenés dans la plaine et, après avoir franchi un pont qui enjambait un bras de mer, ils s'engagèrent sur une route droite au bout de laquelle Sona découvrit enfin le château. Il était exactement comme elle l'avait rêvé, avec ses tourelles et ses donjons, d'un blanc éclatant sur les pins sombres, ses hautes façades dominant la mer et la lande en pente abrupte. Il était si beau, dans la lumière dorée du soleil couchant que les doutes provoqués en elle par sa conversation avec Torquil McLarron se dissipèrent, et Sona retrouva le château de son rêve où un prince et une princesse allaient se marier et vivre heureux jusqu'à la fin de leurs jours.

Puis le château disparut derrière les arbres et elle arrangea fébrilement ses cheveux, noua les rubans de son bonnet et tapota la jupe de son costume de voyage. Bien que le colonel gardât les paupières obstinément closes, Sona était certaine qu'il savait où ils se trouvaient.

— Nous arrivons dans quelques minutes, papa, le prévint-elle.

— Dieu soit loué ! s'exclama le colonel. J'ai horreur de ces voyages interminables ! J'insiste, Sona, pour que nous nous reposions avant de rentrer à la maison.

— Je suis sûre que le duc sera enchanté de nous avoir chez lui aussi longtemps que nous le souhaiterons, répliqua Sona.

— Je l'espère, déclara sèchement le colonel. C'est un homme imprévisible et il faut que tu te gardes de rien dire qui puisse le contrarier.

— Je ferai très attention, papa, répondit Sona, tandis que les chevaux franchissaient les grilles d'un immense portail en fer, flanqué de deux pavillons aux toits crénelés. Puis ils s'engagèrent dans une large allée bordée d'arbres séculaires. A la vue du château, le cœur de Sona se mit à battre plus fort.

« Quelle aventure, se dit-elle, mais je n'ai aucune raison d'avoir peur. Après tout, ne suis-je pas une McLarron ? »

Quand, après avoir été accueillis par des domestiques en kilt, ils pénétrèrent dans l'imposant vestibule orné de trophées de chasse, Sona se sentit nerveuse, peut-être pour la première fois de sa vie. Elle n'avait jamais été timide, accoutumée, dès son enfance, à recevoir les amis de son père. Etait-ce l'atmosphère de cet énorme château, étaient-ce les propos déprimants de Torquil McLarron ? Toujours est-il qu'en suivant le vieux domestique en kilt dans le monumental escalier de pierre qui menait au premier étage, Sona ne put s'empêcher de s'agripper au bras de son père. Celui-ci était assurément fort impressionnant lui-même, avec le kilt qu'il avait revêtu dès qu'ils eurent franchi la frontière écossaise, le plaid jeté sur l'épaule retenu par un gros clip de quartz et l'aumônière de cuir qui se balançait au rythme de ses pas. C'est à peine si Sona reconnaissait son père qu'elle avait l'habitude de voir en uniforme ou dans le costume de cheval qu'il portait à la maison.

Arrivé au premier étage, le domestique s'arrêta un moment avant d'ouvrir la grande porte à deux battants en acajou verni. Ils pénétrèrent dans le salon du chef que Sona reconnut, grâce aux multiples descriptions que lui en avait faites son père. Il lui parut plus vaste et plus imposant encore qu'elle ne l'imaginait. Les visages de tous les gens présents se mirent à danser devant ses yeux tandis que le domestique annonçait :

— Votre Grâce, le colonel Alister et miss Sona McLarron !

Ils s'avancèrent jusqu'à l'extrémité de la pièce où trônait un homme d'âge respectable. En s'approchant, Sona trouva qu'il ressemblait à un aigle ; il en avait l'air impérieux, le regard aigu et perçant et, si l'aigle est bien le roi des oiseaux, le duc était certainement, lui aussi, un monarque à sa façon.

Il tendit la main et le colonel s'inclina avant de la saisir.

— Comme c'est bon de vous voir, Alister ! dit le duc.

— Comment allez-vous, Ian ? demanda le colonel.

— Suffisamment bien pour constater que le mariage se déroule comme nous l'avions prévu.

Le duc se tourna vers Sona qui fit la révérence. Vous ressemblez à votre mère.

Mais ce n'était pas un compliment. L'assistance était uniquement composée d'hommes vêtus comme le colonel et Sona en conclut qu'ils étaient tous plus ou moins parents.

Puis on la conduisit, par un kilomètre de couloir, jusqu'à sa chambre. Les fenêtres ouvraient sur les jardins qui formaient une baie en demi-lune, léchée par la mer. Les derniers rayons du soleil scintillaient sur l'étendue immobile, comme les jeux d'eau d'une fontaine au milieu d'un parterre de fleurs.

— Que c'est beau ! s'exclama Sona malgré elle, ce qui fit sourire la femme de chambre.

— C'est c' qu'on veut qu' vous pensiez pour vot' première visite, miss Sona. J'ai bien connu vot'

24

mère, une ben bonne dame. Sûr qu'elle doit vous manquer !

— C'est vrai, reconnut Sona. J'aurais tant aimé qu'elle soit avec nous aujourd'hui. Le mariage doit être un grand événement pour vous ?

— C'est c' que voulait Sa Grâce, répondit brièvement la femme de chambre.

Sona fut surprise qu'elle n'en ait dît pas davantage.

La jeune fille eut à peine le temps de défaire ses bagages que déjà sonnait l'heure du dîner. Soucieuse de faire bonne impression, elle revêtit une des plus jolies robes qu'elle ait apportées.

Elle se félicita de sa décision quand, en pénétrant dans le grand salon, elle constata que les autres femmes séjournant au château portaient des toilettes d'une élégance recherchée et étincelaient de bijoux. Les premiers arrivés, Sona le comprit rapidement, étaient les McLarron qui vivaient dans le Sud ; ils avaient été priés de venir un jour ou deux avant les autres et aient pu jouir ainsi d'un peu de repos avant les cérémonies. Sona n'allait pas tarder à apprendre que les McLarron, qui appartenaient à une grande famille fort aisée, faisaient de brillants mariages. En regardant autour d'elle, Sona se dit qu'il devait être impossible de trouver autre part une assemblée où tant d'hommes séduisants et de femmes ravissantes fussent réunis. Les habits de soirée des messieurs faisaient ressortir d'une manière

25

idéale les robes de soie, les diamants brillant de tous leurs feux sur les peaux laiteuses ou les émeraudes flamboyant au cou de beautés rousses.

En l'absence du duc, le marquis devait présider le dîner.

— Je crains que Ian ne soit pas en très bonne santé et il va être mis à rude épreuve s'il participe à toutes les festivités pour le mariage, confia un des parents les plus âgés au père de Sona.

— C'est certainement un événement de la plus haute importance pour le duc, répondit ce dernier.

— Pour lui, c'est sûr ! Il lui a fallu près de cinq ans pour convaincre son fils et il m'a révélé hier que, si Napier avait fini par céder, c'est uniquement parce qu'il croyait son père très proche de la fin.

— Le fiancé semble manquer singulièrement d'enthousiasme, fit remarquer le colonel.

— C'est le moins qu'on puisse dire, mais qui pourrait l'en blâmer ?

Sona aurait aimé en entendre davantage mais, à cet instant, la porte s'ouvrit et un homme, qu'elle devina être le marquis, pénétra dans la pièce. Jamais la jeune fille n'avait imaginé que quelqu'un pût avoir l'air aussi majestueux, aussi imposant et aussi désagréable. Il était très brun, avec des yeux noirs et des cheveux aile de corbeau. Il arborait un air sombre et pinçait les lèvres, qu'il desserra en saluant les invités, avec un sourire qui n'adoucit nullement l'expression de son visage.

Après avoir bavardé quelques instants avec diverses personnes, il arriva à la hauteur du père de Sona.

— Comment allez-vous, colonel ? dit-il, la main tendue.

— Très heureux d'être arrivé sain et sauf jusqu'ici. Je ne crois pas que vous connaissiez ma fille Sona ?

Sona fit la révérence, envahie de nouveau par une inexplicable timidité.

— En effet, nous ne nous sommes jamais rencontrés, dit le marquis.

Elle lui tendit la main et, quand il s'en saisit, un étrange frémissement la parcourut. Ce frémissement était-il agréable ou désagréable ? elle n'aurait su le dire. Mais elle eut la certitude qu'une espèce d'énergie vitale émanait du marquis et le dotait d'une présence intense et exceptionnelle. Mais il s'éloignait déjà et Sona crut avoir rêvé.

On passa bientôt dans la vaste salle à manger aux murs couverts de portraits des McLarron et dont la cheminée s'ornait d'armes anciennes déployées en faisceaux.

Sur la table, l'argenterie était non seulement un chef-d'œuvre d'orfèvrerie mais chargée d'histoire ; et pourtant, Sona n'avait d'yeux que pour le marquis qui, assis au bout de la table, semblait encore plus majestueux que son père autrefois. Il avait pris place sur une chaise sculptée comme un trône, aux armes des McLarron, et la lumière jouait avec les boutons armoriés de sa veste de velours noir et l'épingle de pierre précieuse piquée dans sa cravate. Mis à part l'expression de son visage, il était exactement tel que Sona l'avait souhaité. Il paraissait totalement incongru qu'on pût avoir l'air si courroucé — à moins qu'il ne s'agît de ressentiment ? — tout en devisant aimablement avec ses voisines. Elles faisaient de leur mieux pour le distraire, une surtout, jeune et d'une grande beauté, déployait toutes les ressources de sa coquetterie. Mais rien ne semblait pouvoir dissiper l'humeur sombre du marquis.

La chère était exquise : saumon frais pêché dans la rivière où le père de Sona ne manquerait pas d'aller jeter sa ligne dès que son pied le lui permettrait, *haggis* [1] et autres plats écossais, respectables pièces de bœuf et selles d'agneau. Les services se succédaient. Puis s'élevèrent enfin les sonorités douces et grêles des cornemuses, et le musicien personnel du duc fit le tour de la table de son pas rythmé en jouant les airs que Sona avait entendus dès sa plus tendre enfance et qui, durant des siècles, avaient accompagné les McLarron au combat. Bouleversée par la musique des cornemuses qui ajoutait encore à l'atmosphère féerique de la soirée, Sona se surprit à regarder le marquis, comme si elle s'attendait à ce qu'il partageât son émotion. Il était silencieux et fixait le verre qu'il tenait à la main.

---

1. Mets national écossais : estomac de mouton, bourré d'un hachis d'abats, de farine d'avoine et de nombreuses épices (N.d.T.)

Soudain, comme hypnotisé par l'intensité du regard de la jeune fille, il leva les yeux sur elle. Elle en fut surprise et presque effrayée, car elle l'avait observé moins comme un homme réel que comme un être surgi de son imagination.

Quand leurs regards se rencontrèrent, elle sentit qu'ils se parlaient mais elle ne put comprendre ce qu'ils exprimaient.

Alors, les cornemuses se turent et le charme fut rompu.

*
* *

Le lendemain matin, c'est au son des mêmes cornemuses qui jouaient sous sa fenêtre que Sona se réveilla. Il était de tradition, en effet, que le matin, avant toute chose, les cornemusiers fissent le tour du château. De son lit, Sona les écouta jouer et elle eut l'impression qu'ils la faisaient pénétrer dans ce monde magique dont elle avait tant rêvé sans pouvoir jamais y accéder. Quand la musique mourut dans le lointain, la jeune fille sauta de son lit, tira les rideaux et s'habilla sans attendre qu'on l'appelle. A cette heure matinale, elle ne risquait guère d'être aperçue si elle traversait les jardins et descendait jusqu'à la mer. Ayant toujours vécu dans le Derbyshire, elle n'avait que rarement l'occasion de voir la mer qui était pour elle, comme le château, un véritable enchantement.

Les domestiques qui faisaient le ménage la regardèrent avec étonnement. Elle leur lança un « bonjour ! » et ouvrit la porte qui donnait sur la terrasse. Elle s'engagea dans la longue allée pavée qui traversait le jardin où coulait une fontaine. L'herbe était encore humide de rosée et le parfum des fleurs accompagna la jeune fille le long d'un étroit sentier de gravier. Elle atteignit enfin une barrière en bois qui ouvrait sur le pré bordant une plage de sable. Une brume légère flottait sur la mer dont le bleu se confondait avec l'azur du ciel. De petites vagues clapotaient sur les rochers couverts d'algues. L'air était salé et Sona était transportée par cette beauté qu'elle avait faite sienne depuis son arrivée en Ecosse. Elle aperçut alors un petit bateau qui se dirigeait vers un ponton en bois situé à quelques pas de là. Elle s'approcha, soudain curieuse, et put ainsi distinguer les traits du rameur.

Sans bien savoir pourquoi, cela lui sembla dans l'ordre des choses et elle ne fut pas surprise de reconnaître Torquil McLarron. Il accosta, rangea ses avirons et amarra son embarcation avec dextérité. Puis il sauta sur la jetée et courut à la rencontre de Sona.

— Bonjour, Sona !
— Bonjour ! Que faisiez-vous ?
— Je suis allé jeter un coup d'œil sur mes casiers à langoustes, répondit-il, et j'espérais aussi vous voir.

— Je ne puis croire que vous vous attendiez à me trouver debout d'aussi bonne heure, répliqua-t-elle en souriant.

— Et pourquoi non ? demanda Torquil. Vous êtes une fille de la campagne et il n'y a que les beautés londoniennes, paresseuses et choyées, pour rester au lit après le lever du soleil.

— C'est une chose dont vous ne pouvez certainement pas m'accuser !

— Je n'ai pas l'intention de vous accuser de quoi que ce soit.

Sona le trouva superbe, tête nue, avec ses yeux d'un bleu intense qui étincelaient dans son visage hâlé. Ils arrivèrent au bout de la jetée sans même s'en rendre compte. Ils s'assirent alors sur un banc en bois, adossé au mur du jardin. Torquil se tourna vers Sona.

— Alors ? demanda-t-il.

— Alors... quoi ?

— Quelle est votre impression, maintenant que vous avez vu le duc et, bien sûr, son fils ?

— Je les trouve charmants tous les deux, répondit Sona avec un air de défi.

Torquil se mit à rire.

— C'est bien la réponse à laquelle je m'attendais mais, je préfère entendre la vérité.

— Mais c'est la vérité !

— Alors, disons que, compte tenu de votre grande intelligence, j'aimerais une réponse plus... perspicace.

— Très bien. Je pense que le duc a tout à fait

l'apparence qui convient à un chef mais qu'il y a en lui quelque chose d'inquiétant.

— Et son fils ?

— Je me demande... pourquoi... il a l'air si malheureux.

— Je vous l'ai déjà expliqué.

— Parce qu'il veut vivre en Angleterre après son mariage ? Rien ne l'en empêche, au moins jusqu'à la mort de son père.

— Je doute que cela soit possible car sa femme a toutes ses attaches ici. Et une chose est sûre : elle ne se plaira pas à Londres.

— Qu'en savez-vous ?

— Je la connais.

— Mais alors, s'ils sont si différents, il vaudrait certainement mieux qu'ils ne se marient pas.

Torquil se mit à rire.

— C'est au duc qu'il faudrait dire ça ! Il est obsédé par l'idée d'unir les deux clans, comme ils l'étaient au moyen âge.

— Ils étaient unis ? Comme c'est intéressant !

— Le clan des Borabol s'est séparé des McLarron, il y a plusieurs siècles et cela a toujours été, depuis, une éternelle épine dans notre cœur. Demandez à votre père.

— Je le lui demanderai. Mais je doute qu'il soit au courant, sinon il m'en aurait déjà parlé.

— Vous devriez profiter de votre séjour pour apprendre notre histoire, Sona. Vous découvrirez que les relations entre les clans sont très embrouillées et qu'un McLarron, s'il y est résolu, fait toujours valoir sa volonté.

— Aux dépens des autres, je présume ?

— Bien entendu ! Les autres ne comptent pas.

— Pourquoi êtes-vous si troublé par ce mariage ? En quoi vous concerne-t-il ? demanda Sona après un instant d'hésitation.

Torquil ne répondit pas tout de suite.

— Il m'importe peu à moi personnellement, bien sûr, mais en tant que membre du clan, finit-il par déclarer d'une voix changée, qui sonna faux.

Sona insista.

— Je crois que vous avez des raisons personnelles d'être mécontent du mariage du marquis.

Torquil rit à nouveau.

— Quelle imagination ! Je pense simplement qu'il n'est pas bon que le futur chef de notre clan soit malheureux et qu'il soit marié à une femme dont il ne voulait pas et qui lui a été imposée par son père. Mais, évidemment, cela ne me regarde pas.

Sona eut alors la certitude qu'il n'était pas sincère et qu'il cherchait des justifications. L'idée qu'il était peut-être amoureux de la future épouse la frappa soudain. C'eût été l'explication de l'hostilité de Torquil à ce mariage.

— Elle est très belle ? demanda-t-elle.

— Attendez de la voir, répondit Torquil. Elle vient dîner au château.

— Vous viendrez aussi ? Je m'attendais à vous voir, hier soir.

— Vous avez remarqué mon absence ?

— Evidemment. Où étiez-vous ?

— Chez moi.

— Où est-ce, chez vous ?

— A environ deux kilomètres du château.

— J'espère qu'un jour, vous me ferez visiter votre maison, poursuivit Sona, mais vous n'avez pas répondu à ma question : vous serez au dîner, ce soir ?

Torquil détourna son regard et se leva.

— Non ! Et si, comme je le souhaite, vous voulez que nous restions amis, il vaut mieux ne pas mentionner mon nom.

— Pourquoi ?

— J'ai mes raisons, répliqua-t-il obscurément, que je ne désire pas vous exposer. Je vous demande seulement de me faire confiance et de me considérer comme un ami. (Elle lui jeta un regard mal assuré.) Il ajouta : je le souhaite vraiment ! Davantage même que je n'ose le dire en ce moment.

Il avait prononcé ces derniers mots d'une voix grave et Sona détourna les yeux.

— Je pense qu'il est temps de rentrer au château, dit-elle. Ça doit être presque l'heure du petit déjeuner.

— Nous nous reverrons, dit Torquil d'un ton décidé.

Il lui prit la main et la porta à ses lèvres. A ce contact, Sona ressentit une impression étrange, qui la surprit. Puis, réalisant soudain qu'il n'était pas convenable d'être seule avec un homme qui, la veille encore, lui était inconnu, elle tourna les talons et franchit le portail du jardin avant même que Torquil eût le temps de le lui ouvrir. Sans se retourner, Sona s'engagea sur le sentier de gravier et se dirigea vers la terrasse.

CHAPITRE 2

Après le petit déjeuner, les gentilshommes allèrent pêcher le saumon dans la rivière qui serpentait dans la vallée derrière le château. Le colonel dut s'y rendre dans un attelage à poneys, mais il était décidé à terminer la descente à pied et à pêcher aussi longtemps que sa jambe le lui permettrait. Les dames venues de Londres s'étaient fait servir dans leur chambre et restaient invisibles. La seule femme présente, en dehors de Sona, était une vieille cousine qui avalait son porridge dans un silence désapprobateur, en le saupoudrant de sel, selon l'usage écossais. Sona avait considéré avec amusement les hommes qui déjeunaient debout, comme le voulait la tradition.

— La bouillie d'avoine, qui constitue l'aliment de base des Ecossais, est toujours prise debout, avait expliqué le colonel à sa fille, ainsi les hommes sont sur le qui-vive et prêts à affronter tout ennemi qui pourrait les surprendre alors qu'ils sont désarmés.

Il était difficile, dans cette salle à manger seigneuriale, avec sa table couverte d'argenterie et ses portraits aux cadres dorés qui vous suivaient des yeux, d'imaginer les membres d'un clan rival rampant dans la lande ou des envahisseurs étrangers, comme les Vikings, arrivant de la mer. Mais, tant par les récits de son père que par ses lectures, Sona savait que, tout au long de leur histoire, les McLarron avaient dû faire face aux attaques des uns ou des autres.

La baie qui s'étendait en face du château avait offert un mouillage aisé aux Vikings et, à voir le nombre de blonds aux yeux bleus parmi les domestiques au service du duc, Sona s'était dit qu'ils n'avaient pas laissé derrière eux que des souvenirs de pillage et de violence.

Il était d'ailleurs frappant que Torquil, avec son teint clair et sa haute taille, ressemblât davantage à un Scandinave qu'à un Ecossais. Sona crut se rappeler que son père lui avait décrit les Pictes [1], qui avaient habité le fort et dont on trouvait de nombreux vestiges dans les landes de cette partie du pays, comme des hommes de petite taille, bruns et secs... Cependant, il n'y avait rien, chez le marquis, qui rappelât le Viking, à part sa taille, peut-être.

Sona s'attendait à le voir au petit déjeuner mais il n'apparut pas. Elle se retrouva seule, après le départ des autres invités et de la vieille cousine qui avait probablement regagné sa cham-

1. Nom donné au IXe siècle au peuple établi dans les basses terres de l'Ecosse (N.d.T.)

bre. Elle y vit une bonne occasion d'explorer les lieux et, comme personne ne semblait avoir eu l'idée que le château pût l'intéresser, elle prit sur elle de le visiter. Elle examina les tableaux, les trophées de chasse, les boucliers et les claymores de ses ancêtres. Elle flâna un moment dans le salon contigu à la salle de réception du chef. Elle fut d'abord étonnée d'y trouver tant de meubles français puis se souvint des liens étroits qui avaient unis l'Ecosse et la France sous le règne de la reine Marie. Un peu plus loin dans le couloir, la jeune fille risqua un coup d'œil furtif par une porte en acajou restée entrouverte et découvrit une bibliothèque, ce qui ne laissa pas de la surprendre car son père, pourtant grand amateur de livres, n'en avait jamais mentionné l'existence. C'était une pièce haute de plafond avec de grandes fenêtres qui, comme celles de sa chambre, ouvraient sur le jardin ; elle demeura quelques instants en contemplation devant la baie, s'attendant à voir apparaître Torquil sur son bateau.

Le jeune homme l'intriguait car, de toute évidence, il était mêlé à un mystère qui entourait également le château. La veille, après le dîner, les dames avaient tenu un conciliabule et, se sentant exclue, Sona s'était alors dirigée vers l'autre extrémité de la pièce pour examiner des miniatures exposées dans une vitrine. Les chuchotements avaient néanmoins piqué sa curiosité et elle était persuadée que la conversation concernait le marquis. Celui-ci ne pouvait laisser personne indifférent, même une étrangère comme elle, et elle savait que les belles dames de Londres faisaient tout leur possible pour tromper sa morosité. Il était évident qu'elles le connaissaient bien et, comme toutes étaient fort titrées, Sona avait conclu qu'elles avaient appartenu au « licencieux groupe de Carlton House », ainsi qu'on l'appelait avant l'avènement du Roi. Même au fin fond du Derbyshire, on parlait des excès et de l'immoralité des amis du régent et du contraste entre son mode de vie et l'atmosphère compassée et vieux jeu qui pesait sur Buckingham Palace, où on maintenait le Roi dans une camisole de force, à cause de ses fréquents accès de folie.

Sona s'était toujours interrogée sur la teneur des conversations de la haute société et sur la vie qu'on y menait. Elle savait, bien sûr, qu'après son mariage désastreux, lord Byron avait dû fuir l'Angleterre et que le dandy Brummel, un temps très en vue, avait été exilé à Calais. Elle avait aussi entendu parler de l'engouement du Roi pour un certain nombre de femmes souvent plus âgées que lui. Les rumeurs qui arrivaient par bribes dans le Derbyshire excitaient la curiosité de la jeune fille mais ne lui permettaient pas de se faire une idée précise de ce que pouvait être la vie à Londres. Sona se trouvait terne et provinciale, comparée à ces dames fardées aux coiffures compliquées. Il n'était donc pas surprenant qu'on l'ignorât plus ou moins ni qu'elle ait eu le sentiment d'être une intruse quand les gentilshommes ayant rejoint les femmes au salon après le dîner, ils se mirent tous à bavarder familièrement. Elle s'était approchée de son père.

— Je suis sûr que tu penses que je devrais aller me coucher de bonne heure, après un aussi long voyage, ma chérie, déclara-t-il après un moment.

— Ce serait très sage, papa.

— Je suis tellement fatigué que, pour ce soir en tout cas, je vais suivre ton conseil.

— On pourrait s'éclipser discrètement, papa, sans que personne ne s'en rende compte.

— C'est la façon la plus délicate de procéder. Ainsi nous ne risquons pas d'interrompre la soirée, avait répondu le colonel en souriant.

En effet, leur départ passa apparemment inaperçu, mais, en franchissant la porte, Sona se retourna et constata que le marquis les suivait des yeux.

Elle s'était couchée en pensant à lui et, à présent, dans cette bibliothèque qui, pourtant, renfermait des ouvrages du plus haut intérêt, elle se surprit à penser de nouveau à lui.

Comme il avait dû aimer le château quand il était enfant. Quel petit garçon n'aimerait-il pas se baigner dans la mer, piloter son propre bateau dans la baie, chasser dans la lande ou pêcher le saumon dans la rivière ? Elle comprenait à présent pourquoi son père lui avait toujours parlé de l'Ecosse comme d'un paradis — au moins pour les hommes — et il lui paraissait incroyable que le marquis, avec tant de distractions à portée de la main, préférât vivre à Londres.

Sona dénicha sur un rayonnage une histoire des McLarron et, en la feuilletant, elle songea que le marquis lui aussi devait parfaitement connaître tous les récits de bravoure qu'elle avait entendus depuis sa plus tendre enfance.

« Pourquoi suis-je encore en train de penser à lui ? » se demanda-t-elle en rangeant le livre.

Elle entendit alors la porte s'ouvrir ; elle tourna la tête et vit le marquis qui entrait dans la pièce. On eût dit que le simple fait d'évoquer son image l'avait fait apparaître. Sona ne put s'empêcher d'admirer la façon dont il portait le kilt ; il paraissait plus élégant même que n'importe quel Anglais en culottes blanches et veste courte, qui constituaient, avec les bottes à la Souvarov brillantes comme des miroirs, l'uniforme de rigueur. Le marquis était tellement absorbé qu'il ne s'avisa de la présence de Sona qu'en atteignant le bureau, au milieu de la pièce. La jeune fille eut un léger mouvement qui le fit sursauter et il la fixa de ses yeux sombres.

— Bonjour ! Vous êtes une lève-tôt, dit-il après quelques secondes de silence.

Elle comprit intuitivement qu'il ne faisait pas allusion à l'heure présente : il avait dû l'apercevoir, beaucoup plus tôt, alors qu'elle traversait les jardins pour rejoindre la mer.

— Il y a tant de choses à voir que je ne veux pas perdre une seule seconde, répondit-elle.

Il avait l'air aussi maussade que la veille, mais elle eut l'impression qu'il pinçait légèrement les lèvres et accentuait le froncement de ses sourcils.

— J'ai cru comprendre, d'après ce qu'a dit votre père hier soir, que c'était votre première visite en Ecosse, déclara-t-il.

— C'est exact, et vous ne pouvez savoir combien je suis ravie de découvrir que tout est encore plus beau que je ne l'imaginais. Sona s'approcha de lui tout en parlant, puis elle se tourna vers la fenêtre avant de poursuivre : je ne peux croire qu'il existe au monde un plus bel endroit et je crains presque de me réveiller et de constater que j'ai rêvé.

Connaissant les sentiments du marquis sur l'Ecosse, elle se demanda soudain si ses propos n'étaient pas inutilement provocants. Elle lui jeta un bref coup d'œil.

— Moi aussi, je pensais cela il y a des années, répondit-il, comme s'il devinait ses pensées.

— Et vous avez changé d'avis ? demanda Sona malgré elle.

— Comme vous dites, j'ai changé d'avis.

— Mais tout cela est à vous, c'est votre pays, votre maison, votre peuple, notre sang ! Cela signifie certainement quelque chose pour vous ?

Elle fut surprise de son audace, mais elle avait tellement l'habitude, avec son père, d'exprimer franchement ses sentiments, que les mots franchissaient ses lèvres sans qu'elle réfléchît à ce qu'ils pouvaient impliquer. Il y eut un silence, puis le marquis déclara avec une certaine rudesse :

— Je vois que vous êtes ridiculement romantique !

— Ce n'est pas ridicule d'être fier de s'appeler McLarron ! répliqua Sona.

— On vous a bourré le crâne, poursuivit sans hâte le marquis, avec les traditionnelles balivernes que l'on m'a serinées depuis mon enfance.

— Quel mal y a-t-il à cela ?

Sona comprit soudain qu'il la provoquait délibérément ; elle sentit alors la mauvaise humeur la gagner et la colère la rendit téméraire. Pourquoi se montrait-il si désagréable ? Et pourquoi cherchait-il à gâcher ce qui, avec n'importe qui d'autre, aurait pu être un aimable échange de propos ?

Elle cessa de regarder le marquis et se pencha par la fenêtre ouverte, les mains posées sur le rebord. Une brise douce effleurait ses joues.

— Il est facile, déclara-t-elle, de tout mépriser et dénigrer, quand on possède tant de choses. Mais vous êtes-vous jamais demandé ce que représentait ce château dans le cœur de ceux qui, n'ayant pas bénéficié des mêmes avantages que vous, ont dû s'exiler aux quatre coins du monde ? Le marquis ne répondait pas et elle poursuivit : je peux vous dire ce qu'il représente pour mon père qui est contraint, malgré lui, de vivre en Angleterre, où il s'est toujours senti, d'une certaine manière, étranger. (Elle se retourna, afin de s'assurer que le marquis écoutait toujours.) Pour lui, le clan est un roc auquel il peut toujours se raccrocher car c'est la seule chose à laquelle il ait le sentiment d'appartenir. Et ce sentiment d'appartenance l'empêche de se sentir seul, insignifiant ou médiocre. Il est un McLarron et, où qu'il se trouve, au fin fond de l'Afrique ou au cœur de l'Inde brûlante, il fait toujours corps avec la famille dont il est membre. (Sona parlait d'un ton passionné et, sans laisser au marquis le temps de répondre, elle continua d'une voix vibrante) : c'est ce que ressent tout McLarron, où qu'il soit, et l'équilibre de tout l'ensemble repose sur un seul homme : le chef !

Elle se tut enfin. Et elle attendit simplement, sans se retourner, que le marquis prît la parole.

— Oui, le chef. Un totem devant lequel les indigènes doivent se prosterner servilement et auquel ils doivent une obéissance aveugle. Je souhaite seulement, Sona McLarron, que vous demeuriez suffisamment longtemps ici pour découvrir la vérité et, bien entendu, jouir de la mascarade à laquelle vous êtes venue assister ! acheva-t-il d'un ton si cinglant que Sona en eut le souffle coupé.

Elle entendit claquer la porte de la bibliothèque et réalisa qu'elle était seule. Un bref instant, elle douta de la réalité de son altercation avec le marquis. Puis elle sentit le rouge lui monter aux joues et se rendit compte qu'elle avait eu tort de se conduire de cette façon. Elle n'aurait jamais dû parler aussi ouvertement et il était en droit de riposter, même si elle ne s'attendait guère à ce ton brutal et agressif.

— « A présent, il va m'en vouloir », se dit-elle.

Puis elle cessa de penser à elle et se concentra sur lui. Que s'était-il passé ? Pourquoi était-il si malheureux, si amer ? Et Torquil avait-il raison de penser que le marquis était profondément hostile à l'idée d'abandonner les plaisirs londoniens pour les responsabilités qui l'attendaient en Ecosse ?

« Je n'aurais pas dû lui parler ainsi », se reprocha Sona. Puis elle se dit qu'il aurait pu éviter de lui répondre sur le même ton.

Fort agitée, elle sortit de la maison et, craignant que le marquis ne l'aperçût dans le jardin, comme le matin même, elle emprunta un petit chemin au lieu de l'allée. Elle découvrit alors une piste cavalière qui s'enfonçait à travers bois, derrière le château qui apparaissait ainsi comme un joyau monté sur or vert. Sona erra parmi les arbres et il lui semblait que l'odeur de la forêt apaisait un peu le trouble de son esprit. Elle marcha longtemps hors de portée de tout regard. Elle eut soudain l'impression qu'elle n'était plus seule. Quelqu'un était là, tout proche, et l'observait. Cela la mit mal à l'aise et lui donna la chair de poule. Décidée à ne pas se laisser gagner par la peur, elle poursuivit sa promenade quand, tout à coup, Torquil McLarron apparut entre les arbres, juste devant elle. Sona fut d'abord ravie puis stupéfaite que ce fût lui.

— Que faites-vous ici ? demanda-t-elle. Vous semblez toujours surgir dans les endroits les plus inattendus.

— Se rencontrer au bord de la mer ou en forêt en Ecosse peut difficilement être considéré comme « inattendu », répondit-il. La prochaine fois, ce sera peut-être dans la lande.

Sona éclata de rire, ce qui la réconforta après la tension dramatique de sa discussion avec le marquis.

— Que faites-vous dans les bois ? demanda-t-elle.

— Je venais seulement jeter un coup d'œil, répondit Torquil évasivement, et j'espérais un peu que vous m'y rejoindriez.

— Comment pouviez-vous vous attendre à ce que je me promène ici ?

— Si vous êtes un peu sorcière, comme il se doit, vous avez dû sentir que je vous appelais.

Sona le regarda d'un air plutôt interloqué. Puis, comme il avait parlé sur un ton léger, elle répliqua :

— Je ne vous ai pas entendu, je me promenais, tout simplement.

— Vous éprouviez le besoin de quitter le château ?

— Qu'est-ce qui vous fait croire cela ?

— Je connais le château. Il commence à vous

peser, vous vous sentez oppressée et angoissée, affirma-t-il sur un ton qui la fit frémir.

— C'est faux, dit-elle, je ne saurais dire à quel point je suis heureuse et rien ne pourra gâcher mon bonheur.

— Je m'en garderai bien, répliqua Torquil, mais en ce moment tout le monde n'est pas aussi heureux que vous.

Sona ne put s'empêcher de penser au marquis, mais elle réalisa que Torquil parlait de lui-même.

— Pourquoi êtes-vous si triste ? demanda-t-elle.

— C'est une longue histoire. Vous voulez vraiment l'entendre ?

— Bien sûr, si vous avez réellement envie de me confier vos ennuis.

— Allons nous asseoir, suggéra-t-il.

Et il s'avança dans l'étroit sentier moussu qui se perdait dans la forêt, Sona sur ses talons. Celle-ci songeait que, si l'on apprenait qu'elle rencontrait Torquil pour la seconde fois dans la matinée, on trouverait la chose étrange, peut-être même l'en blâmerait-on. Mais qui donc s'intéressait à ses faits et gestes ? Et, après tout, Torquil n'était-il pas un McLarron ? Et fort beau de surcroît. Il était certainement plus intéressant et plus divertissant d'être en sa compagnie que de se faire rabrouer par le marquis.

Torquil la conduisit à une petite clairière où des arbres, déracinés par une tempête, avaient été débités par les bûcherons. De la main il désigna un tronc qui pouvait leur servir de siège. Sona s'assit et, sentant sur sa tête nue la chaleur du soleil qui perçait à travers le feuillage, elle se demanda, pour la première fois, si elle était censée mettre un chapeau quand elle sortait. A la maison, elle avait l'habitude de courir au gré de sa fantaisie et l'idée qu'elle devait peut-être s'habiller avec plus de discernement pour se promener dans le domaine ne l'avait pas effleurée jusque-là. Comme s'il lisait, une fois de plus, dans ses pensées, Torquil déclara :

— Vous êtes très jolie, mais des tas d'hommes ont déjà dû vous le dire.

Elle secoua la tête et sourit.

— Alors les Anglais doivent être aveugles.

— Les Ecossais ont la réputation d'être des gens austères, répondit Sona.

— Seulement quand il s'agit d'argent, précisa Torquil. Mais, comme je ne possède rien, mes paroles doivent valoir de l'or.

Sona éclata d'un rire qui se mêla au chant des oiseaux dans les arbres. Torquil ôta son béret. En le regardant, la jeune fille se dit qu'il avait, sans aucun doute, des ascendances nordiques. Avec ses yeux bleus qui ressortaient dans son visage bronzé, il ressemblait à un héros de conte de fées.

— Parlez-moi de vous, demanda Sona, il y a tant de choses que je ne comprends pas, sur vous et sur les McLarron, à vrai dire.

— Ça n'est pas étonnant, répondit Torquil. Et,

pourtant, étant du même sang, nous devrions pouvoir nous comprendre.

— Cela va de soi.

— Vous savez ce que je ferais, si j'étais le marquis ?

Sona lui jeta un regard interrogateur.

— Je vous demanderais de m'épouser ! Nous règnerions ensemble au château et nous en ferions un havre de joie et de bonheur. Nous veillerions au bien-être des nôres qui rendraient respect et obéissance à leur chef vénéré et à son épouse.

Torquil parlait d'une voix exaltée et Sona eut le sentiment qu'il ne s'agissait pas seulement d'un caprice de son imagination mais d'un rêve surgi du plus profond de son cœur. Afin de dissimuler son trouble, elle répondit d'un ton léger :

— Si nos rêves avaient des ailes... Bien que vous m'ayez très peu parlé de vous, j'ai l'impression que nous sommes deux mendiants qui se contentent des miettes qui tombent de la table des riches.

Elle crut qu'il allait rire ; mais il déclara :

— Je ne veux pas des miettes. Je veux présider le banquet.

Au ton de sa voix, Sona craignit qu'il ne devînt amer comme le marquis.

— Personnellement, dit-elle en se levant, je suis très satisfaite que les choses aillent ainsi. C'est ma première visite en Ecosse, je loge dans un château merveilleux, et vous vous êtes montré gentil et amical à mon égard.

— Et moi, alors ? demanda Torquil qui était resté assis sur le tronc d'arbre.

— Peut-être êtes-vous trop exigeant ? Il faut se contenter de ce que l'on a.

— Pourquoi ?

— Ainsi va le monde. Il y a des riches et des pauvres. Nous devons accepter notre condition.

— C'est bien ce que je refuse de faire, répliqua Torquil d'un ton acerbe.

Sona fit quelques pas et s'arrêta, perplexe, se demandant pourquoi le jeune homme restait assis. Elle regretta que leur conversation ait perdu son tour léger et plaisant.

— Ne m'attendez pas, dit-il comme s'il sentait son hésitation. Je ne suis pas admis dans le « Saint des Saints », le château de mes ancêtres ! Retournez auprès de Napier Inver et demandez-lui s'il est heureux de se marier. Dites aussi à tous ces prétentieux de McLarron qui lui lèchent les bottes, qu'un jour je les étonnerai. Un jour, ils se rendront compte que je suis une force avec laquelle il faut compter.

Il avait parlé de façon plutôt incohérente, mais avec une violence contenue et une détermination qui faisaient résonner chaque mot dans la forêt paisible.

— Je... ne... comprends pas, dit Sona.

— Vous comprendrez bientôt ! répliqua-t-il avant d'enjamber le tronc et de s'éloigner dans le sens opposé.

Elle le suivit des yeux jusqu'à ce qu'il eût dis-

50

paru et demeura à écouter décroître le bruit de ses pas sur les feuilles sèches du dernier hiver. Alors, elle poussa un léger soupir.

Il y avait, chez les McLarron, une impétuosité par trop théâtrale et Sona trouvait leur conduite déroutante. Elle doutait de parvenir jamais à comprendre le marquis et Torquil. Elle se dit alors que seul son père, lui aussi McLarron, pourrait être en mesure de lui expliquer la situation. Elle revint lentement sur ses pas.

« Une chose est sûre, en tout cas, pensa-t-elle, c'est que je dérange la famille. »

Il ne lui restait plus qu'à regagner le château où elle trouva de nouveaux arrivants. Ils venaient d'Edimbourg et de Perth et semblaient, quoique McLarron et écossais, fort différents de ceux qui vivaient à Londres. Les femmes n'étaient ni apprêtées ni fardées et s'exprimaient à voix basse, avec distinction. Quant aux hommes, ils parlaient sport et s'enquéraient du nombre de saumons pêchés la semaine précédente.

Après s'être présentée, Sona sentit confusément qu'ils déploraient qu'elle fût de mère anglaise. Sans que rien ne fût dit expressément, il était évident qu'à leurs yeux, un Ecossais ne pouvait trouver le bonheur qu'auprès de quelqu'un de sa race.

— Je me réjouis tant de ce mariage, déclara une femme d'un certain âge. J'étais désespérée à l'idée que ce cher Napier se fasse piéger par une

51

femme du Sud. Vous le savez aussi bien que moi : un tel mariage n'aurait pas duré.

— C'est certain ! répondit une autre. L'épouse du chef doit être à même de comprendre notre mode de vie et qui en serait plus capable que Jeannie ?

— Je ne l'ai jamais rencontrée, reprit la première, mais, à ce qu'on m'a dit, la comtesse a su inculquer à sa famille le sens du devoir.

Sona ne put s'empêcher de trouver leurs propos très ennuyeux. Les dames s'apprêtaient à passer à table pour le déjeuner, quand Sona apprit enfin que la fiancée arriverait au château dans la soirée et qu'elle serait présentée aux membres de la famille lors du grand dîner donné à cette occasion. Après le déjeuner, en voyant affluer les nouveaux invités dont l'arrivée était annoncée par des laquais en kilt, Sona fut convaincue que ce serait une rude épreuve. Certains McLarron venaient des îles occidentales, d'autres des îles Orkneys et des Shetlands. Il y avait ceux qui habitaient les basses-terres et ceux qui vivaient à proximité, dans les Highlands. Sona estima à une cinquantaine le nombre des invités présents au château. Elle se mit à la place de la fiancée : être examinée ainsi par tous ces gens qui décidaient, en leur for intérieur, si elle ferait une épouse suffisamment convenable pour le marquis, lui semblait constituer une épreuve supplémentaire. Le comte, la comtesse et leur fille arrivèrent au château alors que chacun s'apprêtait pour le dîner, et Sona l'apprit par la femme de chambre qui l'aidait à passer sa robe.

— Comment est-elle, Maggie ? demanda la jeune fille.

— Une vraie fille d'Ecosse, miss.

La description n'était guère précise et Sona dut se résoudre à attendre pour se faire une idée. Ses pensées la ramenaient toujours à Torquil. Que faisait-il à cet instant ? Et pourquoi n'était-il pas admis au château ? Il avait pourtant fort belle allure, et était d'une parfaite éducation. Cela semblait incroyable, qu'étant un McLarron et vivant si près de là, il ne fût pas invité au dîner. Elle était décidée à élucider tôt ou tard les raisons de son absence mais, redoutant d'avoir à expliquer comment elle connaissait le jeune homme, elle préféra éviter de poser des questions embarrassantes et attendre qu'une occasion propice se présentât.

« Je n'aurais sûrement pas dû rester seule avec lui, dans la forêt, se dit-elle, mais je n'ai rien fait de mal et personne ne s'est donné la peine de s'occuper de moi. »

Elle ne doutait pas que le marquis fût encore fâché contre elle. Il n'avait pas reparu et elle apprit par hasard qu'il était allé se joindre aux hommes qui pêchaient dans la rivière. Le duc aussi demeurait invisible.

— Je suppose que le duc se réserve pour ce soir, avait déclaré d'un ton frivole une des beautés londoniennes.

— Je ne peux pas dire qu'il me manque, avait rétorqué une autre. Avec lui j'ai toujours l'impression d'avoir un bouton sur le nez ou un bas en tire-bouchon.

— Vous avez de la chance, avait poursuivi la première, mon mari tremble comme une feuille quand le duc lui adresse la parole. On se croirait encore à l'époque où le chef avait droit de vie et de mort sur les membres du clan.

— C'est toujours vrai en ce qui concerne Napier, dit la seconde à voix basse, et elles pouffèrent de rire.

Bien qu'elle fût convaincue que personne ne la remarquerait, Sona, très féminine, désirait cependant être à son avantage. De toutes les robes qu'elle avait apportées d'Angleterre, elle avait choisi celle qui lui paraissait la plus élégante, tout en étant consciente qu'elle semblerait terne et démodée à côté des toilettes des belles Londoniennes. Toujours est-il qu'en se regardant dans le miroir, après que Maggie l'eût aidée à s'habiller, elle aurait été bien stupide de ne pas se trouver ravissante, avec les yeux gris qu'elle tenait de sa mère et ses cheveux aux reflets d'or et de feu. Sa robe était blanche, comme il convenait, garnie de bouillonnés de tulle où se nichaient de petits bouquets de roses musquées. Une guirlande des mêmes roses soulignait le décolleté et ornait sa coiffure bouclée.

— C'est vous qui devriez être la mariée, miss !

déclara Maggie, sur un ton de respect mêlé de crainte. C'est comme ça que ça devrait être.

— Elle a bien le temps d'y penser, dit la gouvernante qui venait d'apparaître à la porte, j'espère que tout va bien, miss. J'ai pas eu beaucoup de temps pour m'occuper de vous. J'ai pas arrêté de courir avec toutes ces dames qui sonnaient en même temps, à m'en faire tinter les oreilles !

— Vous devez avoir beaucoup de travail, dit Sona compatissante. Mais c'est passionnant, n'est-ce pas ?

— Pour nous, vous savez, cela n'en fait pas vraiment partie, répondit la gouvernante d'un ton énigmatique.

Le colonel attendait Sona à la porte de sa chambre et ils parcoururent ensemble le couloir qui menait au grand salon.

— Tu es contente de ton séjour, ma chérie ?

— Très, papa.

— J'ai entendu beaucoup de compliments sur toi, reprit le colonel, et je suis très fier.

— Je fais de mon mieux pour ne pas te faire trop honte, assura Sona.

— Je l'espère bien, répondit le colonel en souriant. Mais n'oublie pas : il y aura toujours quelque vieille chouette pour t'épier tout en faisant semblant d'être aveugle.

Sona pouffa de rire et serra le bras de son père.

— Je vous aime, papa ! dit-elle. Je sais que vous êtes de bonne humeur car vous avez attrapé un saumon.

— Il était tout petit, reconnut le colonel, mais j'ai été satisfait de constater que je n'avais pas perdu la main.

— Bien sûr que non.

Ils arrivèrent au salon d'où leur parvenaient un brouhaha de conversations. Dès l'entrée, Sona aperçut le chef qui trônait, comme le soir de leur arrivée. Il était magnifique avec ses décorations accrochées à sa veste de velours et l'argent de son aumônière étincelait. Elle trouva à nouveau qu'il ressemblait à un grand aigle et elle était certaine que rien ne lui échappait de ce qui se passait autour de lui.

Elle suivit son père qui s'approchait pour le saluer et, alors qu'elle plongeait dans une révérence, le duc déclara d'un ton sec :

— Il me revient que vous avez parlé à ce vaurien qui se fait appeler Torquil McLarron !

A ces mots, Sona sentit le rouge lui monter aux joues.

— Il m'a abordée quand nous sommes arrivés ici, expliqua-t-elle.

— Je suis sûr qu'il l'a fait, ce pourceau qui fourre son nez partout. Vous n'avez rien à faire avec lui ! c'est compris ?

On eût dit qu'il s'adressait à une jeune recrue ralliant son unité. Sona baissa la tête sans répondre et se sentit soulagée de voir le duc se détourner d'elle pour saluer de nouveaux invités. Le colonel s'éloigna pour bavarder avec l'un de ses compagnons de pêche et Sona le suivit.

Elle se prit à penser que Torquil devait avoir de bonnes raisons d'être amer et plein de rancune, s'il était traité de cette façon. Pourquoi le duc parlait-il de lui en ces termes ? Et pourquoi lui avait-il intimé l'ordre d'ignorer le jeune homme ?

« Si les McLarron veulent être grossiers entre eux, c'est leur affaire, se dit-elle, est-ce une raison pour me traiter comme une écolière qui ne sait pas ce qu'elle veut ? »

C'est alors qu'elle remarqua, en se retournant, que le marquis se tenait non loin du duc. Avait-il entendu les propos tenus par son père, et qu'avait-il pensé ? Il était aussi superbe que la veille mais affichait un air plus courroucé et désagréable qu'à l'ordinaire, si cela était possible. Il avait les lèvres pincées, les sourcils froncés et son regard était si sombre qu'il en devenait inexpressif.

« Que lui arrive-t-il ? » se demanda Sona.

En guise de réponse, la porte s'ouvrit et un laquais annonça :

— Le comte et la comtesse de Borabol, lady Jean McBora !

Le silence se fit aussitôt dans la pièce et toutes les têtes se tournèrent vers les nouveaux arrivants. Sona sentit son intérêt s'éveiller. Le comte était un homme trapu, au visage buriné qui manquait de classe, bien qu'il portât fier. Son épouse était corpulente, avec un teint gâté. Les diamants qui étincelaient sur sa poitrine et dans ses cheveux grisonnants ne parvenaient pas à sauver la banale robe noire qui lui donnait l'air vieillot et presque miteux. On ne pouvait voir leur fille qui se tenait derrière eux. Quand ils furent arrivés près du duc, Sona l'aperçut enfin et elle ne put retenir un hoquet de surprise. Jean était une solide gaillarde qui manifestement, serait toujours déplacée dans une salle de bal ou en robe de soirée. Elle avait le visage plus rouge encore que sa mère, des bras blancs mais des mains brunies par le soleil. Comme beaucoup d'Ecossais, elle avait les cheveux d'un roux pâle, ramassés en un chignon ébouriffé sur la nuque. Ses cils, également roux, lui donnaient un regard de fouine fort peu séduisant.

Un coup d'œil avait suffi à Sona pour comprendre la répugnance du marquis pour ce mariage.

« Pourquoi donc a-t-il cédé et s'est-il laissé entraîner dans cette affaire » faillit laisser échapper la jeune fille à voix haute tant elle le pensait si fort.

Comment un si bel homme pouvait-il accepter, de son plein gré, d'épouser une femme comme lady Jean ? Et pour quelqu'un habitué au charme et à l'esprit des belles Londoniennes, la vie deviendrait vite un insupportable purgatoire.

« Pourquoi ? Pourquoi doit-il faire cela ? » La question lui brûlait les lèvres, tandis qu'elle fixait le marquis. Elle s'aperçut alors que celui-ci ne regardait pas lady Jean, qui parlait avec le duc, mais que c'était elle qu'il observait de loin.

CHAPITRE 3

Une fois couchée, Sona se remémora les événements de la soirée, qui lui parût une des plus étranges qu'elle eût jamais vécues. La sympathie soudaine qu'elle avait éprouvée pour le marquis, après avoir vu sa fiancée, avait éclipsé l'émoi provoqué par l'interdiction du duc concernant Torquil. Les propos tenus par ce dernier et la grossièreté de Napier à son égard l'avaient presque amenée à détester le fils du duc. Mais elle n'aurait pas souhaité à son pire ennemi d'être contraint d'épouser une personne aussi peu attirante que lady Jean. Durant tout le dîner, elle était restée passive et maussade, répondant du bout des lèvres aux questions du duc. Il avait pourtant placé sa future bru à sa droite et s'était efforcé, à sa façon, de la distraire et de la mettre en valeur aux yeux des autres convives. Bien qu'elle n'entendît pas la conversation, Sona avait l'impression que lady Jean ne répondait à leur hôte que par monosyllabes. Celui-ci finit par se lasser et prit un air farouche qui le faisant ressembler plus que jamais à un aigle. Quant au marquis, il avait à peine adressé quelques mots à sa future épouse et s'était borné à converser avec son autre voisine, une séduisante Londonienne, McLarron de naissance, qui avait épousé un gentilhomme de la maison du Roi. Sona avait déjà remarqué sa beauté et, en la voyant lever les yeux sur le marquis et esquisser une moue gracieuse de ses lèvres carminées, elle fut frappée du contraste qu'elle formait avec la fiancée, contraste si saisissant qu'il en devenait gênant.

Sona se rendit compte soudain qu'elle négligeait quelque peu ses voisins de table.

— Pouvez-vous me parler du clan des McBora ? demanda-t-elle à l'un d'eux ; j'ignore tout à son sujet.

— C'est que vous connaissez mal notre histoire, répliqua celui-ci. Depuis des générations, les McBora sont notre plaie vive. Leur clan fut formé par un McLarron qui s'était brouillé avec le chef de l'époque, un peu de la même façon et pour les mêmes raisons, j'imagine, que Napier est aujourd'hui à couteaux tirés avec son père.

— Et quelle est la raison de leur brouille ?

Le voisin de Sona jeta un coup d'œil un peu inquiet vers le duc, au bout de la table, comme s'il craignait qu'on pût surprendre leur conversation.

— Ma sympathie va à Napier, répondit-il à voix basse. Le moins que l'on puisse dire est que notre hôte a un caractère difficile et qu'il peut se montrer tyrannique.

A voir le duc, il n'y avait aucun doute à nourrir sur cette affirmation.

— Je suppose que le duc l'a forcé à épouser lady Jean, avait dit Sona d'une voix à peine audible.

— Bien entendu. Il serait plus juste, d'ailleurs, de dire qu'il l'a « piégé ».

Puis, comme s'il regrettait de s'être montré indiscret, il se mit à interroger la jeune fille sur sa vie dans le Sud.

— C'est dommage que votre père ait dû vivre aussi longtemps loin de nous, avait-il fait remarquer. J'ai rarement rencontré un McLarron qui soit heureux s'il est séparé des siens.

— Mais mon père a été très heureux avec ma mère, assura Sona.

— J'espère qu'Alister reviendra ici, maintenant qu'elle n'est plus de ce monde.

Sona tressaillit. Elle n'avait jamais envisagé cette éventualité et elle douta, soudain, d'en avoir vraiment envie. L'Ecosse lui plaisait, c'était certainement le plus beau des pays. Cependant, bien que se trouvant depuis très peu de temps au château, elle n'était pas sûre de pouvoir supporter à la longue toutes les luttes, tous les mystères et les drames qu'il renfermait. En hiver, dans le Derbyshire, elle accompagnait volontiers son père à la chasse et elle avait toujours beaucoup à faire, même si, avec le recul, ses activités lui paraissaient quelque peu banales. Elle devait reconnaître, en outre, que depuis leur arrivée au château, le colonel n'avait jamais, durant ces dernières années, semblé aussi heureux. Pendant le repas, elle l'avait surpris en grande conversation avec une femme d'âge mûr mais encore belle, qui buvait ses paroles en souriant, et Sona songea brusquement que son père pourrait avoir envie, un jour, de se remarier. Après tout, il était encore alerte et remarquablement conservé. Elle devait se rendre à l'évidence : les dames de Londres qui ne prêtaient pas le moindre intérêt à la fille, papillonnaient autour du père qui semblait, quant à lui, très à l'aise en leur compagnie.

« Que deviendrais-je, si papa se remariait ? » se demanda-t-elle.

Bien que, depuis l'âge de dix-huit ans, elle eût assisté à de nombreuses réceptions et rencontré nombre de jeunes gens qui lui avaient fait la cour et se disputaient la faveur de danser avec elle aux bals de chasse, elle n'avait jamais reçu de demande en mariage. Peut-être n'étaient-ils pas de bons partis ou bien n'était-elle pas assez séduisante pour qu'on pût désirer partager sa vie avec elle ? Cette idée la déprima.

— Oserai-je vous dire que vous êtes très belle, Sona ?

— C'est d'ailleurs un manque de tact de votre part, déclara son second voisin.

— Oui, car ce n'est guère à l'avantage de la jeune personne assise à la droite du duc.

Sona se sentit fort embarrassée pour répondre.

— Peut-être quelqu'un pourrait-il donner des conseils à lady Jean pour s'arranger un peu.

— Je pense qu'il faudrait au moins une baguette magique, avait répliqué sèchement le voisin.

Après le dîner, Sona qui plaignait le marquis et sa fiancée, s'avança vers lady Jean et se présenta.

— Je suis Sona McLarron. Je vous suis profondément reconnaissante, vous savez.

— Reconnaissante ? répéta lady Jean.

Elle avait une voix plate et sans intérêt et elle parlait en battant de ses cils pâles, ce qui la faisait encore davantage ressembler à une fouine.

— C'est votre mariage qui m'a donné l'occasion de venir en Ecosse pour la première fois, expliqua Sona.

— Vous vivez donc dans le Sud ?

— Oui, ma mère était anglaise.

— Mon père désapprouve les Ecossais qui épousent des Anglaises ! répondit lady Jean après un instant de silence, avec une agressivité qui fit monter Sona sur ses ergots.

— Mon père est tombé amoureux de ma mère la première fois qu'il l'a vue et ils ont été très heureux ensemble.

— Je me marie pour le bien du clan, rétorqua lady Jean, et grâce à ce mariage, il n'y aura plus de conflits entre les McBora et les McLarron.

— Mais les « conflits », comme vous les appelez, n'appartiennent-ils pas au passé ? Et peut-être qu'à présent, avec la visite du Roi à Edimbourg, les Ecossais et les Anglais vont-ils se réconcilier ?

Le battement de cils de lady Jean s'accentua.

— Les Anglais sont cruels avec nous ! Ils l'ont toujours été ! s'exclama-t-elle. L'Ecosse doit être un royaume indépendant, c'est notre droit !

Elle était devenue franchement agressive et Sona, peu désireuse de se laisser entraîner dans une querelle politique, préféra donner un ton plus féminin à la conversation.

— Parlez-moi de votre trousseau, demanda-t-elle d'un ton charmant. Commandez-vous vos robes à Edimbourg ?

— Certainement pas ! répondit lady Jean avec aigreur. Nous avons d'excellentes couturières parmi les femmes du clan, ainsi que des tisserands et des dentellières. Ainsi, tout l'argent dépensé par mon père revient à nos propres gens.

L'intention semblait tout à fait louable. Mais, à voir la vilaine robe brune que portait lady Jean, Sona était persuadée que le marquis ne devait guère apprécier la façon dont s'habillait sa fiancée, lui qui était habitué aux élégantes toilettes venant de Paris.

— Parlez-moi de votre robe de mariée, insista Sona.

— Ma robe de mariée, expliqua lady Jean, a servi à ma mère, à ma grand-mère et à mon arrière-grand-mère. C'est un trésor de famille que je vénère et que le lèguerai, à mon tour, à ma fille et à ma petite-fille.

— Vous ne m'avez pas dit de quoi elle est faite.

— Elle est garnie de dentelles dont le motif reproduit les armes des McBora. Elle a été faite au métier à tisser, avec la laine de nos moutons filée à la quenouille.

Elle semblait très fière mais Sona, pour qui une robe de mariée devait être faite de la soie la plus fine et garnie de dentelles de Bruxelles, avait peine à imaginer de quoi aurait l'air lady Jean, le jour de ses noces, dans sa robe épaisse et probablement peu seyante. Elle fit néanmoins un dernier effort.

— Si je puis vous aider en quoi que ce soit, n'hésitez pas à faire appel à moi. Après tout, nous avons presque le même âge, ce qu'on ne peut pas dire des autres, ajouta-t-elle en se forçant à sourire.

Mais lady Jean, l'air maussade, regarda du côté où sa mère était assise.

— J'ai maman pour m'aider et, bien sûr, ma propre famille qui assistera aussi au mariage, répliqua-t-elle en s'éloignant à grands pas lourds.

Elle était chaussée de mules ordinaires à talons plats et semblait plutôt faite pour arpenter la lande que pour fouler le tapis d'Aubusson du salon meublé à la française. Sona poussa un léger soupir. Elle avait fait tout son possible et ce n'était pas de sa faute si elle avait échoué. Soudain embarrassée de se retrouver seule, elle rejoignit deux dames de Londres assises sur un sofa.

En s'approchant, elle surprit quelques mots de leur conversation.

— Cela me navre de penser qu'il va devoir embrasser une créature pareille après Madeleine.

— Madeleine est tellement sûre qu'il reviendra qu'elle lui a simplement dit « au revoir », répondit l'autre dame en riant. Et, après avoir vu la fiancée, je me demande seulement s'ils se retrouveront avant ou après la lune de miel.

Elles rirent toutes deux de plus belle et Sona, choquée par leurs propos sans qu'elle sût bien pourquoi, s'éloigna vers l'autre côté du salon. Elle aperçut une porte ouverte qui donnait accès à une pièce appelée « salle de jeu ». Il y avait plusieurs tables recouvertes de feutrine verte à l'intention des joueurs d'échecs ou de cartes. Ce genre de distraction était sans aucun doute mal vu des McLarron vivant en Ecosse et des McBora. Pour l'heure, la pièce était vide et Sona put examiner à loisir les tableaux de maîtres français dont l'un, aux tendres nuances, bleu et rose, lui sembla être un Fragonard. Elle contemplait toujours la toile quand un brouhaha de voix lui indiqua que les messieurs avaient rejoint les dames au salon. L'idée de retourner avec les invités ne lui souriait guère ; les ricanements raffinés des McLarron et l'air désagréable du marquis lui paraissaient tout à coup insupportables. Cela gâchait son séjour au château et elle aurait souhaité pouvoir remonter dans le temps, jusqu'à l'époque où ses ancêtres guerroyaient contre les Anglais ou les autres clans. N'y avait-il vraiment pas d'autres sujets de conversation que les noces de deux êtres si parfaitement désassortis ?

Elle était toujours devant le Fragonard quand deux hommes pénétrèrent dans la pièce.

— Allons jouer au piquet, proposa l'un d'eux. La compagnie de tous ces McLarron me pèse et, quand j'ouvre la bouche, je crains toujours de commettre une bévue.

— Je suis d'accord avec vous et Harry m'a dit la même chose. Dès que ce fichu mariage sera terminé, nous regagnerons Londres et je vous assure que je ne suis pas prêt de remettre les pieds ici avant longtemps.

En les écoutant, Sona comprit qu'ils avaient tous deux épousé des filles McLarron. Ils n'étaient pas en kilt mais en tenue de soirée, sveltes et élégants avec leur chemise blanche et leur cravate savamment nouée. Elle essaya d'imaginer le marquis vêtu autrement que du costume traditionnel des Highlands, convaincue qu'il devait être d'une classe tout à fait exceptionnelle, même à Buckingham Palace.

La jeune fille s'était dirigée vers l'autre coin de la pièce et, ne souhaitant pas être remarquée, elle prit place dans un fauteuil qui tournait le dos à la table de jeu. Elle ne voyait plus les joueurs mais, après quelques secondes de silence, elle entendit l'un d'eux s'exclamer :

— Tiens, Napier ! Venez avec nous ! Que diriez-vous d'une partie d'écarté ? Je me sens d'humeur à vous prendre un peu d'argent.

— Avec la chance que j'ai en ce moment, vous n'aurez aucun mal ! répliqua le marquis.

Il s'assit et quelqu'un lança :

— C'est à votre tour.

— Quelle est la mise ?

— Un billet de cinq cents livres, proposa le marquis.

— Pas d'objection.

— George et moi parlions de notre départ après le mariage, dit l'un des joueurs après un moment de silence. Nous espérons que vous reviendrez à temps pour être des nôtres au derby. Vous avez comme moi, engagé un cheval, n'est-ce pas ?

— Je suis bien décidé à voir courir Rollo, affirma le marquis en durcissant sa voix.

— Alors, je compte sur vous la veille de la course. Ce sera une réunion d'hommes mais, bien entendu, si vous avez un « jupon » pour vous accompagner, il sera le bienvenu. J'ai d'ailleurs invité quelques charmantes qui ne décevront pas mes hôtes, j'en suis sûr.

— Pour ça, Percy, on peut dire que vous avez le sens du détail, rétorqua en riant l'homme qu'on appelait George.

— J'essaye, du moins. Ni vous ni Napier n'avez jamais eu à vous plaindre de mes goûts dans ce domaine.

— Et cela ne changera sûrement pas, répondit le marquis.

Sona se rendit compte que ce n'était pas le genre de conversation qu'elle devrait écouter. Mais elle n'était pas innocente au point d'ignorer qu'un « jupon » ne désignait pas une dame de qualité. D'une certaine façon, la jeune fille comprenait que le marquis acceptât une telle invitation au lendemain de ses noces. Mais elle savait aussi que la branche écossaise de la famille serait profondément choquée et que les McBora seraient furieux. Sans parler même du genre de la réunion, quitter sa femme si rapidement après le mariage ne pouvait qu'être insultant pour la jeune mariée. Sona connaissait suffisamment l'histoire de l'Ecosse pour prévoir que les dissensions renaîtraient entre les deux clans qui venaient tout juste de sceller ostensiblement leur union et qui seraient à nouveau à couteaux tirés. Connaissant la mémoire des Ecossais et leur soif de vengeance, on ne pouvait que s'attendre à voir la situation dégénérer et se transformer à partir d'un incident banal en une vendetta qui durerait des générations.

« Il ne devrait pas y aller », conclut Sona.

Alors le dénommé Percy reprit la parole.

— Il faut que je vous raconte une histoire amusante : à ma dernière réception, j'avais invité une fille absolument délicieuse...

Au tour que prenait la conversation, Sona réalisa qu'elle ne pouvait plus laisser ignorer sa présence aux joueurs. Elle repoussa alors bruyamment son fauteuil et se leva. A ce bruit, les trois

gentilshommes assis à la table de jeu sursautè-
rent et se retournèrent, la stupéfaction peinte sur
leurs visages.

— Excusez-moi si je vous ai surpris, dit Sona en
s'approchant de la table, je m'étais assise un
moment et je me suis assoupie. Ce doit être le
grand air.

Les trois hommes se levèrent lentement.

— Asseyez-vous avec nous, proposa celui
qu'elle pensa être Percy. Si vous ne savez pas
jouer, nous vous apprendrons, et permettez-moi
d'ajouter qu'en ce qui me concerne, cela sera un
vrai plaisir !

— Je vous remercie mais je pense que je ferais
mieux d'aller me coucher, répondit Sona en souriant. Peut-être pourrez-vous me donner une
leçon un autre soir.

— Je vous apprendrai tout ce que vous voudrez, et ce sera un grand plaisir pour moi, reprit
Percy, sur un ton allusif qui fit rougir Sona.

En faisant la révérence, elle surprit dans le
regard du marquis une expression qui l'épou-
vanta, comme si un feu ardent la brûlait. Elle
s'éclipsa et se faufila dans le grand salon où le
brouhaha des conversations la submergea,
comme le ressac de la mer.

Allongée sur son lit, le sommeil tardant à venir,
Sona revoyait l'expression du marquis et se répétait inlassablement les propos qu'il lui avait
tenus, le matin même, dans la bibliothèque. Une
certaine torpeur commençait à l'envahir quand

elle crut reconnaître le son du tambour. Elle pensa qu'il s'agissait d'un rêve, ou encore des battements de son cœur, et glissa dans le sommeil.

Elle fut réveillée par les cornemuses et c'est seulement en s'habillant qu'elle se souvint du tambour.

— La musique joue un grand rôle en Ecosse, dit-elle à Maggie qui boutonnait sa robe, nous avons droit aux cornemuses au dîner et le matin et, hier soir, on a joué du tambour sous mes fenêtres.

— Ça, miss, c'est pas possible ! répondit précipitamment Maggie.

— Pourquoi dites-vous cela sur ce ton ?

— Parce que, si vous avez entendu les tambours, miss, c'est un avertissement.

— Un avertissement ?

— Quelqu'un va mourir dans la famille.

Sona ne répondit pas. Les légendes sur les clans écossais lui revenaient en mémoire : chez les McLarron, un fantôme jouait du tambour quand un membre important de la famille était sur le point de mourir. Elle l'avait lu dans un très vieux livre mais, son père n'en ayant jamais fait état, elle avait pensé que cette superstition avait sombré dans l'oubli. Mais le ton de Maggie et son trouble montraient qu'il n'en était rien.

— Sans doute était-ce un effet de mon imagination, répondit brièvement Sona.

— Vous êtes une McLarron, miss. On dit qu'il y a beaucoup de devins dans vot' famille mais quand y va y avoir un deuil, y entendent tous le tambour.

— Il ne sera pas difficile de vérifier si je me suis ou non trompée, répliqua Sona, je tâcherai de savoir si quelqu'un d'autre l'a entendu, la nuit dernière.

Elle ne trouva que trois hommes et deux femmes d'un certain âge quand elle arriva dans la salle à manger. Elle se servit un peu de porridge et déclara :

— Cette nuit, j'ai cru entendre une espèce de musique, mais j'ai pu me tromper.

Sur le moment, ses paroles n'éveillèrent aucun écho.

— Cela ne serait pas étonnant, finit par répondre quelqu'un. Après-demain, les deux clans seront réunis dans le parc du château et cela fera du bruit. Je suppose que les habitants de la région répètent déjà, ils voudront prouver qu'ils sont les meilleurs.

— Au dernier mariage auquel j'ai assisté, dit une femme, les cornemuses m'ont donné un mal de tête qui a duré près d'une semaine ! A mon avis, un cornemusier c'est bien mais quand on dépasse la dizaine, c'est à vous rendre fou !

Les autres convives éclatèrent de rire.

— Heureusement que le duc ne vous a pas entendue. Il m'a dit hier soir qu'il était très fier de ses cornemusiers. Il a décidé de les placer en tête du cortège quand il conduira Napier à l'église ; au retour, ils accompagneront les jeunes

72

mariés jusqu'au château et joueront presque sans arrêt durant la réception.

La dame au mal de tête poussa un gémissement.

— Vous pouvez faire confiance à Iain pour dépasser la mesure, dit-elle avec aigreur, mais je doute que Napier apprécie ce chahut, un jour où tout devrait être calme et solennel.

— Je suis d'accord avec vous, renchérit un autre. Au fait, où est Napier ce matin ? Je croyais qu'il devait venir pêcher avec nous.

— Il a pris son petit déjeuner très tôt ; il nous évite. Qui pourrait l'en blâmer ? Moi aussi, j'ai horreur de bavarder au saut du lit.

Cette remarque imposa un silence général. Et Sona, qui avait achevé son repas, quitta la pièce. En sortant, elle aperçut la comtesse de Borabol et lady Jean, et se félicita de s'être esquivée. Elle décida d'aller se promener dans la lande et retourna à sa chambre pour mettre de solides chaussures de marche. Il faisait déjà chaud et la jeune fille jugea inutile de prendre un châle, mais elle se résigna, par souci des convenances, à se coiffer d'un chapeau.

« Personne ne me verra », conclut-elle en se demandant si elle avait des chances de rencontrer Torquil. Au moins, elle aurait plaisir à bavarder avec lui, sauf s'il se montrait amer et jaloux du marquis. La conversation serait plus facile qu'avec les autres membres de la famille McLarron.

Peu soucieuse de croiser quelqu'un qui se rendrait à la salle à manger, elle emprunta un escalier de service. Dans le couloir qui menait au jardin, elle tomba nez à nez avec le marquis. Il sortait d'un bureau et parut surpris de la voir.

— Je vais me promener, expliqua Sona comme si elle voulait justifier sa présence.

— Seule ?

— Je crois que les hommes vont à la pêche, répondit-elle.

— Et toutes les femmes ne sont pas aussi actives que vous, fit remarquer le marquis en souriant. Où allez-vous ?

Elle eut l'impression qu'il essayait de se montrer aimable pour réparer sa conduite de la veille.

— Je pensais aller jusqu'à la lande.

— C'est une bonne idée ! s'exclama Napier. Au bout de l'allée, de l'autre côté du portail, vous trouverez un chemin qui mène à un cairn [1] d'où la vue est magnifique.

— C'est justement là que je voulais aller, dit Sona en souriant.

— Quand vous en aurez assez d'admirer le paysage, poursuivit le marquis, vous pourrez prendre vers le nord, à travers les bruyères, qui sont plutôt épaisses, d'ailleurs. Vous trouverez une cascade et un petit sentier invisible permet de grimper sur la hauteur et de redescendre de l'autre côté. C'est ma promenade favorite.

1. Monticule ou tumulus celte, fait de terre ou de pierres.

— Merci ! Merci beaucoup ! Cela va être passionnant.

— Alors bonne promenade. C'est, à mon avis, ce qu'il faut faire quand on est ici : se promener.

— Merci, répéta Sona.

Il y eut un silence. La jeune fille avait envie d'ajouter quelque chose mais elle hésitait et elle eut l'impression qu'il en allait de même pour le marquis. Elle put vérifier, une nouvelle fois, qu'une timidité inexplicable l'envahissait, et elle lui sourit légèrement. Puis elle s'éloigna. Elle eut l'étrange sensation que Napier la suivait des yeux mais elle s'interdit de se retourner.

Sona franchit la lourde porte aux ferrures de cuivre et retrouva la lumière éclatante du soleil. Elle parcourut l'allée avec le sentiment d'échapper à quelque chose d'accablant, comme avait dit Torquil. En atteignant les pavillons aux toits crénelés qui encadraient le portail, elle fit volte-face et regarda le château. Il semblait sorti d'un conte de fées avec ses tours et ses donjons et Sona songea qu'il devait être encore plus beau vu du cairn dont lui avait parlé le marquis. Elle trouva sans difficulté le chemin, de l'autre côté du portail ; il descendait jusqu'à des buissons épais de bruyère puis remontait brusquement. L'escalade, sur quelques centaines de mètres, était plutôt raide et quand Sona aperçut devant elle le petit cairn, elle était essoufflée et en nage. Arrivée au sommet, elle se laissa tomber sur le sol couvert de mousse et dût reconnaître que le marquis n'avait pas exagéré en parlant d'une vue magnifique. Le château sur lequel flottait la bannière du duc ressemblait à un jouet ou à un mirage. Plus loin, on voyait la mer, avec la côte découpée en crêtes tout autour de la baie. Plus loin encore, à l'horizon, on devinait les contours d'un autre morceau de la terre écossaise. Inondé par le soleil matinal, le spectacle était enchanteur, tout était calme et tranquille ; l'on entendait seulement le bourdonnement des abeilles dans les bruyères, le cri des mouettes et, parfois, l'appel d'une grouse qui volait bas sur la lande.

Sona demeura longtemps assise ; il lui semblait que l'Ecosse lui parlait, surtout ici, sur la terre de ses ancêtres.

« C'est une partie de moi-même, de mon sang, de mon souffle », se dit-elle.

Elle s'efforçait d'oublier, pour quelques instants, les drames qui se jouaient au château et de tout reconstruire selon ce qu'elle avait imaginé avant son arrivée en Ecosse : un château peuplé de McLarron, ces farouches guerriers morts en héros et amoureux de chaque pouce de leur terre.

Plongée dans ses rêveries, elle fut à peine surprise, cependant, de sentir à nouveau qu'elle n'était plus seule : la silhouette de Torquil se dessina derrière le cairn. Le jeune homme vint s'asseoir à ses côtés.

— Je vous avais bien dit que nous nous rencontrerions dans la lande, déclara-t-il.

— C'est si beau, souffla Sona.

— Vous aussi, vous êtes belle. (La jeune fille, qui ne s'attendait pas à cette réponse, le considéra d'un air étonné.) Je n'ai cessé de penser à vous depuis votre arrivée. Vous m'avez ensorcelé.

— J'ai du mal à le croire. Vous êtes déjà ensorcelé par tant de choses ! rétorqua Sona d'un ton léger.

— Vous représentez la solution à tous mes problèmes. Voulez-vous m'épouser ? (Elle crut un instant qu'il plaisantait puis elle lui lança un regard effaré.) Je suis sérieux. Vous êtes l'être le plus adorable qu'il m'ait été donné de rencontrer et vous êtes une McLarron. Que pourrais-je demander de plus ? poursuivit-il en lui prenant la main qu'il porta à ses lèvres.

Sona, interloquée et désorientée, ne savait que répondre mais, en sentant les lèvres du jeune homme effleurer sa peau, elle comprit qu'elle ne désirait pas en entendre davantage ni qu'il la touchât. Elle retira sa main.

— Dites que vous m'épouserez, implora Torquil. Je vous aime et j'ai conçu un plan qui, j'espère, vous conviendra.

— Un... plan ? articula Sona avec peine, tant le cœur lui battait désagréablement.

Etait-ce l'émotion ou le trouble provoqués par la tournure pour le moins inattendue que prenaient les événements ?

— Comme vous le savez probablement, expliqua le jeune homme, on peut se marier par déclaration. Devant le silence de Sona, il précisa : la loi prévoit que si deux personnes affirment, devant témoins, vouloir se prendre pour époux, ils sont considérés comme étant mariés.

Il se tut, attendant la réponse.

— Qu'est... ce... que... ça signifie ? finit par demander Sona à contrecœur, d'une voix qui lui sembla venir de très loin.

— Cela signifie, ma belle Sona, que nous sommes mariés par déclaration et que nous allons l'annoncer à notre famille.

Sona le regarda d'un air incrédule.

— Vous... êtes sérieux ?

— Bien entendu, je suis sérieux. A quoi cela servirait-il de dire que nous sommes seulement fiancés ? Il est inutile d'espérer que le duc organise un autre mariage juste après celui de son fils. Il marqua une pause avant de poursuivre, comme s'il se parlait à lui-même : après-demain, tout le clan sera réuni ; ses membres les plus vénérables seront logés au château, les autres dispersés dans les environs. C'est alors qu'il faudra annoncer notre mariage et ils ne pourront que nous féliciter, acheva-t-il d'une voix triomphante.

— Non... ce n'est pas possible ! dit Sona rapidement. Je ne pourrai... jamais... faire une chose pareille.

— Pourquoi ?

— Mon père en serait très fâché. Et le duc m'a interdit de vous adresser la parole.

— Comment a-t-il su que nous nous connaissions ? demanda Torquil avec brusquerie. Puis, sans attendre la réponse de Sona, il poursuivit : c'est évident. On l'informe de tout ce qui se passe et j'aurais dû me douter qu'il y a partout des yeux et des oreilles qui nous épient.

— Voulez-vous dire que l'on peut nous observer en ce moment ? demanda la jeune fille d'une voix étranglée.

Torquil haussa les épaules.

— C'est plus que probable. Et on va se dépêcher de tout répéter au chef.

— Je ne tiens pas du tout à l'irriter, après ce qu'il m'a dit ! s'écria Sona. Je veux au contraire qu'on sache que je vous ai rencontré ici par hasard.

— Vous n'avez pas à avoir peur de lui. Après le mariage, rien ne vous empêche de repartir dans le Sud. Mais je veux que vous restiez, Sona... Je vous rendrai très heureuse et tout sera différent quand vous serez ma femme.

— Qu'entendez-vous par différent ? demanda la jeune fille après un instant de silence.

Toujours sous le coup de la surprise, elle s'efforçait de mettre de l'ordre dans ses idées mais elle avait l'impression qu'on avait bourré sa tête de coton.

— Nous serons ensemble et je vous rendrai très heureuse, répéta Torquil.

Mais il n'avait pas répondu à sa question. Elle insista.

— Je suis... très honorée... de votre demande en mariage... mais nous nous connaissons à peine...

et vous n'avez pas encore été présenté à mon père.

— Il sera toujours temps quand nous serons mariés, répondit Torquil en s'approchant d'elle, vous allez voir comme ce sera amusant. Une véritable aventure ! Votre mariage ne ressemblera à aucun autre ; il sera si simple, si dépouillé, sans tous ces chichis et ces histoires qui ennuient tout le monde.

— Ce n'est pas vrai. Si j'étais amoureuse, je pense... que je serais heureuse... d'avoir un vrai mariage.

— Je vous forcerai à m'aimer.

Elle secoua la tête.

— Je ne pense pas que cela soit possible... Je crois que l'amour s'impose malgré nous. Il arrive soudain et on le reconnaît... car il est inévitable...

— C'est ce que je vous ferai ressentir.

Elle sourit.

— Quand cela se produira... je vous épouserai. En attendant, ma réponse est non !

— Comment pouvez-vous être si obtuse, si collet monté ? On dirait les McBora.

Sona ne put s'empêcher d'éclater de rire.

— Comment pouvez-vous me comparer aux McBora ?

— Pour moi, vous êtes aussi belle qu'une Vénus romaine, répondit Torquil d'une voix grave qui ne laissait subsister aucun doute sur sa sincérité.

— Merci d'être aussi... gentil avec moi, dit Sona qui ne voulait pas le blesser.

— Je ne veux pas être gentil ; je veux vous aimer et vous apprendre à m'aimer.

Il fit mine de s'approcher encore mais la jeune fille, sur la défensive, leva les mains.

— Non... je vous en prie.

— Pourquoi non ?... Je veux vous embrasser.

— Non... vous ne devez pas.

— Et pourquoi ?

— C'est trop tôt... trop rapide. Je veux avoir le temps de réfléchir.

— Réfléchir avant de se marier, soit, mais avant de se laisser embrasser...

Il voulut l'enlacer mais Sona le repoussa.

— Je vous en prie... Torquil... vous n'avez pas le droit de... me faire peur.

— Vous êtes exaspérante ! s'écria le jeune homme. Je pensais que, pour une McLarron, vous aviez le goût de l'aventure, que vous seriez ravie d'être différente, que vous oseriez braver les grands airs de la vieille génération.

— Je n'ai pas envie de braver qui que ce soit, je veux seulement être... heureuse.

— En me rendant désespérément malheureux ?

— Je ne souhaite pas vous rendre malheureux.

— C'est pourtant ce que vous êtes en train de faire. Je vous veux ! Cela serait merveilleux, si nous étions mariés, je vous en fais le serment.

— Si nous devions nous marier, rétorqua Sona, ça ne serait pas à la sauvette... mais avec le consentement de mon père... et, si nous le faisions ici... avec le consentement du duc.

Torquil eut un rire mauvais.

— Alors on revient au chef. Et vous savez très bien qu'il refusera. Comment vous autoriserait-il à m'épouser alors qu'il vous interdit de m'adresser la parole ?

— Cela ne m'arrêterait pas si je vous aimais, assura la jeune fille, mais il faudrait que papa donne son accord.

— Comment pouvez-vous être si stupide et si cruelle ? s'emporta Torquil.

Devant l'injustice du reproche, Sona se mit en colère.

— Pensez-vous que ce soit bien de votre part de me demander de vous épouser en cachette ? riposta-t-elle, alors que nous nous sommes rencontrés, et encore clandestinement, deux ou trois fois en tout et pour tout et que vous m'avez clairement fait comprendre que vous n'êtes pas admis au château ? Après avoir repris son souffle, elle ajouta : je n'ai pas été présentée à votre mère ni vous à mon père. Vous savez parfaitement que nous commettrions une grave erreur... en inaugurant de cette façon notre vie conjugale.

— J'essaye de vous faire comprendre que cela faciliterait considérablement les choses, dit Torquil d'un ton exaspéré.

— Pour vous... ou pour... moi ?

— Pour moi, d'abord, mais aussi pour vous. Une fois mariés, tout s'arrangera. Nous sommes tous deux des McLarron et le premier moment de surprise passé, tout le monde trouvera cela très romantique, j'en suis sûr.

— Pas mon père, le contredit Sona. Nous sommes très proches, surtout depuis la mort de ma mère, et il serait profondément blessé et peiné si je me défiais de lui au point de me marier avant qu'il ait pu intervenir.

— Ce qu'il ne manquerait pas de faire, dit Torquil amèrement. Il resta un moment à fixer le paysage d'un regard vide d'expression. Puis il reprit : je ne vous imaginais pas ainsi. Le mieux que vous ayez à faire est de retourner au château dire à Napier que vous êtes de son avis : les McLarron installés ici sont des barbares indignes de lui. (Il haussa le ton.) Je suis sûr qu'il voudrait que vous le plaigniez de devoir épouser une McBora, qui ressemble plus à un renard qu'à une femme, et qui doit avoir la même odeur.

Torquil s'était levé en martelant ces mots et il s'élança à travers les bruyères. Il n'emprunta pas le sentier par lequel Sona était arrivée et qui menait droit au château mais il prit à droite, d'où l'on apercevait les toits du village et le clocher de l'église. Elle le suivit des yeux tandis qu'il s'éloignait rapidement dans les herbes hautes et elle sentit qu'il ne se retournerait pas.

A peine avait-il disparu que Sona prit conscience des battements douloureux de son cœur. Elle avait les lèvres sèches, comme si elle avait été secoué par un vent violent ou ballottée par une mer démontée. Elle avait l'impression d'avoir rêvé. Et, pourtant, tout ce qui venait de se passer était bel et bien réel. Torquil l'avait suppliée de l'épouser mais son charme indéniable s'était changé en amertume et en colère devant le refus de la jeune fille.

« Comment pourrais-je l'épouser dans de pareilles circonstances ? » se demanda-t-elle.

Maintenant qu'il était parti, elle se rendait clairement compte que, non seulement elle n'avait aucune envie de devenir sa femme mais encore qu'il lui déplaisait. Bien qu'il fût étonnamment beau, elle sentait d'instinct, grâce peut-être à ce que Maggie appelait ses dons de devineresse, qu'il y avait chez lui quelque chose d'anormal.

« Je ne dois plus le revoir », décida-t-elle.

Craignant qu'il ne revînt, quoique ce fût bien improbable, Sona se leva et partit à la recherche de la cascade dont lui avait parlé le marquis. Elle dut marcher longtemps. Elle entendit enfin le bruit de l'eau et la trouva inopinément. C'était splendide : l'eau tombait dans une profonde cuvette après une chute de plus de quinze mètres sur des rochers couverts de bruyère puis s'écoulait lentement par un petit ruisseau qui devait se jeter dans la mer. C'était si délicieux qu'elle s'assit dans les bruyères et regarda les reflets irisés qui scintillaient dans le soleil. En certains endroits, l'eau prenait la teinte de la tourbe qu'elle charriait et, en dégringolant dans la cuvette, elle formait des vagues aux crêtes blanches, comme celles de la mer dont Sona avait toujours pensé qu'elles servaient de montures aux sirènes.

La jeune fille éprouva alors l'envie de relire les contes de fées qui l'avaient toujours émue et les légendes écossaises qui avaient bercé son imagination. Puis la faim lui rappela que l'heure du déjeuner approchait et qu'il serait bientôt temps de regagner le château. Elle se leva et emprunta le sentier sablonneux à moitié enfoui sous les bruyères que lui avait décrit le marquis. Elle s'y était à peine engagée qu'un lapin se dressa devant elle et, visiblement apeuré, détala aussitôt en frétillant de sa petite queue blanche. Soudain, en plein milieu du sentier, il s'arrêta et, après une légère hésitation, il rebroussa chemin, frôlant au passage la cheville de la jeune fille, avant d'accélérer l'allure et de s'enfuir, franchement affolé. Etonnée par la conduite de l'animal, Sona se retourna mais il avait déjà disparu. Ce n'était pourtant pas la première fois qu'elle voyait un lapin dans les bois, mais jamais elle n'en avait rencontré aucun qui eût ainsi fait demi-tour sur un chemin qui allait tout droit. Elle se remit en route, perplexe. Arrivée à l'endroit où le lapin avait rebroussé chemin, elle remarqua une aspérité recouverte de sable et de feuilles sèches. Apparemment, il n'y avait rien là qui pût effrayer un lapin au point de le faire fuir dans la direction opposée. Curieuse de nature, elle se pencha pour examiner le sol de plus près. Un peu de sable et quelques feuilles parurent alors s'enfoncer. Sona tendit la main et se mit à déblayer ce qui restait. Soudain, elle retint son souffle : il y avait un piège au milieu du chemin !

Elle avait eu l'occasion de voir des pièges, surtout des pièges à loups, comme on disait autrefois. Son père en avait interdit l'usage sur ses terres et les gardes-chasse avaient ordre d'enlever tous ceux qu'ils trouvaient et de les déposer dans les écuries. Puis, un jour, le colonel avait décidé de les faire enterrer. Les pièges à loups qui effrayaient tant Sona étaient des mâchoires géantes ; elle savait que, si on se laissait surprendre, il n'y avait pas moyen de s'en libérer et que la jambe prise était tellement abîmée qu'il fallait l'amputer.

Après avoir entièrement dégagé le sable et les brindilles, elle découvrit qu'il s'agissait bien d'un piège à loups, et de l'espèce la plus dangereuse. Elle s'agenouilla et le considéra avec frayeur. Puis les propos du marquis lui revinrent en mémoire : « c'est ma promenade favorite », avait-il affirmé. Et Torquil n'avait-il pas déclaré que le marquis était haï par les membres du clan qu'il considérait comme des « barbares » ?

Peu à peu, elle sentit son esprit chavirer : le piège aux mâchoires grandes ouvertes, n'était pas fixé au sol, comme c'était l'usage afin que la proie ne puisse s'échapper et seules quelques herbes hautes séparaient le sentier de la cascade. Cela signifiait que, si le marquis ou quelqu'un d'autre, avait eu le pied happé par le piège, il serait très probablement tombé et aurait été entraîné par la cascade jusqu'au bassin où il se serait fracassé sur les rochers avant de se noyer. C'était si diaboliquement habile que Sona demeura pétrifiée d'horreur devant ce qu'il fallait bien appeler une tentative de meurtre. Qui avait pu ourdir un plan aussi terrifiant ? Un nom s'imposa immédiatement. Mais Sona l'écarta résolument : c'était trop absurde. Sans doute Torquil enviait-il le marquis, sans doute même le haïssait-il mais de là à le soupçonner de meurtre... ! Et il suffisait à la jeune fille d'empêcher que le crime fût commis ; ce n'était pas son affaire de démasquer le coupable. Elle débarrassa avec soin les brindilles et les feuilles que le sable recouvrait encore : ainsi le piège était-il bien visible mais il faudrait venir l'enlever avant la nuit.

Puis Sona se releva et reprit en courant le chemin du château.

CHAPITRE 4

C'est seulement en apercevant le château que Sona ralentit le pas, bien que l'urgence de la situation lui apparût nettement. Elle avait décidé de ne parler qu'au marquis et sans témoins. Elle était certaine, en effet, que ce serait une grave erreur de mettre qui que ce fût — et bien entendu le duc — au courant de sa découverte. Elle imaginait l'air narquois des invités qui ne manqueraient pas d'en faire des gorges chaudes, ce qui acheva de la convaincre que le secret devait rester entre elle et la victime désignée. Devant la porte d'honneur du château, elle aperçut une voiture qu'on déchargeait des bagages des nouveaux invités. Les laquais étant tous occupés, Sona put contourner la bâtisse et emprunter le passage qui menait à l'escalier de service sans être remarquée. Elle atteignit la porte du bureau d'où sortait le marquis quand ils s'étaient rencontrés, le matin même. Elle ignorait s'il s'y trouvait encore mais elle pensa brusquement que c'était là que leur entretien devait se dérouler, s'ils ne voulaient pas être entendus. Dans sa hâte, elle ouvrit la porte sans frapper et constata, avec un soulagement indicible, que Napier était là. Il était assis derrière un immense bureau encombré de papiers. Elle l'avait trouvé ! A cette pensée, elle fut submergée par une soudaine faiblesse. Elle était hors d'haleine et incapable d'articuler la moindre parole. Elle demeura dans l'encadrement de la porte, haletante, échevelée, inconsciente de l'air étrange que lui donnaient son visage blême et ses yeux aux pupilles dilatées. Le marquis la regarda d'un air ébahi, puis se leva lentement.

— Qu'y a-t-il, Sona ? Que vous est-il arrivé ? demanda-t-il d'une voix qui parut à la jeune fille venir de très loin.

— Il y a... un piège à loups... pour vous tuer... dans le sentier de... la cascade ! répondit-elle d'une voix saccadée.

Elle vit le marquis la fixer d'un air incrédule puis tout se mit à tourner et elle ferma les yeux, prise de vertige.

Quand elle reprit conscience, on la portait à travers la pièce et des bras musclés lui donnaient une impression de sécurité. On l'allongea sur un sofa. Puis la voix du marquis s'éleva :

— Reposez-vous un moment. Il n'y a pas d'urgence, vous m'expliquerez tout cela quand vous serez en état de parler, dit-il avec un calme qui la réconforta.

Quelques instants plus tard, elle parvint à ouvrir les yeux.

— Je... je suis... désolée.

— Vous n'avez pas à être désolée. Comment vous sentez-vous ? Voulez-vous un peu de brandy ?

— Non... non, répondit vivement Sona. Je ne veux rien. C'est seulement parce que... j'ai couru... je voulais vous voir.

Le marquis s'assit en face d'elle sur le rebord du sofa et lui prit les mains. Ses doigts communiquèrent à la jeune fille une sensation de force, de fraîcheur et de réconfort et elle s'y agrippa, comme à une bouée de sauvetage. Elle savait qu'il attendait des explications.

— Il était là... au milieu du sentier... murmura-t-elle enfin. On l'avait caché sous des brindilles et du sable. Le marquis pinça les lèvres et elle ajouta, affolée : c'était sûrement pour vous... mais j'aurais marché dessus... s'il n'y avait pas eu le lapin.

Il écarquilla les yeux, comme s'il la soupçonnait d'avoir tout inventé.

— C'est vrai... C'est la vérité ! insista-t-elle. Vous devez me croire !... Je serais tombée dedans... si je n'avais pas remarqué... la réaction du lapin.

Elle s'était mise à trembler, emportée par son récit, frappée soudain par l'idée qu'elle aurait pu tomber dans le piège à la place du marquis et qu'à l'heure présente, elle serait morte, noyée dans le bassin de la cascade. Et personne n'aurait pu la sauver.

— Vous êtes saine et sauve et moi aussi, pour

90

l'instant, dit calmement Napier comme s'il lisait dans ses pensées.

— Vous devez... faire attention ! Si quelqu'un veut... vous tuer... il trouvera un autre moyen.

— Qu'est-ce qui vous fait croire qu'on veut me tuer ?

— Mais... vous avez dit que... c'était votre promenade favorite.

— C'est vrai, reconnut le marquis, j'y allais souvent quand j'étais enfant et, à mon retour, il y a deux semaines, c'est le premier endroit que je suis allé revoir.

— Alors, ce quelqu'un qui vous... hait vous aura observé... et il aura trouvé ce moyen pour vous... éliminer.

— J'ai du mal à le croire, soupira le marquis, je n'aurais jamais pensé que ma mort soit d'une telle importance pour quelqu'un d'ici.

— Mais pour quelle autre raison... aurait-on placé ce piège... à cet endroit ?

— Je ne sais que répondre. Je ne peux que vous être reconnaissant de l'avoir trouvé et d'avoir été assez astucieuse pour ne pas vous être laissée prendre.

Sona dut faire un effort pour lui expliquer calmement son étonnement, quand elle avait vu le lapin faire demi-tour sans raison apparente.

— C'est alors que j'ai remarqué quelque chose d'anormal au milieu du sentier. Mais tout était si habilement dissimulé que si j'avais été en train de regarder le paysage, je n'aurais rien vu.

Elle frémit en repensant aux énormes mâchoires béantes.

— Vous devez oublier tout cela, dit le marquis en lui serrant les mains. Il faut aussi que vous soyez assez courageuse pour assister au déjeuner sans rien laisser paraître. Il vaut mieux que personne d'autre ne soit au courant.

— Non... bien sûr, acquiesça Sona, c'est pourquoi je suis venue ici... J'espérais bien vous trouver seul.

— Vous avez fait preuve de beaucoup d'intelligence en venant ici. C'est le bureau du régisseur, mais il est occupé en ce moment à loger les membres du clan qui doivent arriver demain. Je peux y travailler sans être dérangé.

— Je suis... si contente... de vous avoir trouvé.

— Il ne reste qu'un quart d'heure avant le déjeuner. Vous êtes sûre que tout ira bien ?

— Oui... et que ferez-vous... pour le piège ?

— N'y pensez plus, dit le marquis. Laissez-moi m'en occuper ; je vous promets que ni vous ni moi, ni personne d'autre, ne risquera plus de mourir d'une façon aussi désagréable.

Sona poussa un soupir de soulagement et le marquis l'aida gentiment à se lever. Elle était encore toute pâle mais, dans ses yeux, la lueur d'égarement avait disparu.

— Vous pouvez déjeuner dans votre chambre, si vous préférez, proposa-t-il.

Elle secoua la tête.

— Non, cela inquièterait mon père et il me poserait des questions.

— Je voudrais vous remercier, dit le marquis qui lui tenait toujours la main. Mais, pour l'instant, cela nous retarderait. Je le ferai plus tard, quand je pourrai vous annoncer que le piège a été détruit.

— Vous me direz... comment cela s'est passé ?

— Je vous le promets.

Il souriait à présent, et son sourire semblait le transformer. Débarrassé de son air désagréable et renfrogné, il était beau et imposant ; il correspondait exactement à l'idée que Sona se faisait d'un chef de clan.

Mais l'heure avançait et quand il l'eut raccompagnée jusqu'à la porte, elle lui adressa un sourire timide avant de s'enfuir en toute hâte dans le couloir.

Dans la salle à manger, Sona ne trouva que les dames qui, à l'évidence, avaient passé la matinée au lit, son père qui, trop fatigué pour sortir, avait dû remettre à l'après-midi sa partie de pêche, et un cousin très âgé qui marchait avec deux cannes. Elle s'installa à côté du colonel, ressentant le besoin de sa présence protectrice après toutes les émotions de la matinée.

— Tu as fait une bonne promenade ? demanda-t-il.

— La vue du cairn est magnifique.

— C'est un endroit que j'aimais beaucoup. J'y allais souvent, en rentrant de l'école.

— Je croyais que trop marcher épaississait les jambes et élargissait les hanches, déclara une londonienne.

Sona eut envie de répondre que ses jambes étaient aussi minces que le reste de son corps mais elle se ravisa en pensant à lady Jean, dont la silhouette forte et trapue était peut-être due à un excès de marche à pied. A la réflexion, cela lui parut absurde : faire de l'exercice rendait svelte et athlétique et lady Jean avait tout simplement hérité de l'aspect physique de ses parents. La jeune fille songea alors au marquis et à ses futurs enfants : seul le hasard déciderait s'ils ressembleraient à lady Jean ou à leur père. Combien ce mariage devait répugner à Napier ! se dit Sona que cela bouleversait et elle décida de l'oublier comme elle devait oublier le piège à loups. Le marquis avait échappé au premier piège mais Sona ne pourrait guère le sauver du second : le piège à femme.

Après le déjeuner, elle se sentit encore secouée et faible et elle regagna sa chambre dès que son père fut parti pour la rivière dans sa voiture à poneys. Elle s'allongea, essaya de lire mais elle s'endormit bientôt, vaincue par la fatigue.

L'heure du thé approchait quand Sona se réveilla et Maggie, qui était venue la prévenir, l'aida à passer une de ses jolies robes d'après-midi.

— Je m' demande, miss, c'que vous allez mett' pour le bal de ce soir ?

— Le bal ? répéta Sona, surprise.

— On vous a pas dit, miss ? Sa grâce a organisé un spectacle de danses écossaises après le dîner. On dansera le branle.

— Que c'est bien ! s'exclama Sona. Heureusement que je sais le danser.

Elle était reconnaissante à son père d'avoir insisté pour qu'elle apprît non seulement les pas en vogue mais aussi le branle où elle se montrait assez habile et qui, d'après lui, faisait partie de leur patrimoine culturel. Il avait déniché, non sans peine, un professeur versé dans les différents styles et quelques-uns des amis de Sona avaient trouvé plaisant d'assister aux leçons. Aussi s'entraînaient-ils une fois par semaine à danser les branles compliqués que le colonel estimait indispensables à l'éducation de sa fille.

« Je n'aurai pas à rougir de ma façon de danser, ce soir », pensa-t-elle en se demandant si le marquis serait au moins une fois son cavalier. Elle porterait une très jolie robe, blanche comme les autres, mais ornée de magnolias en bouton dont les feuilles d'un vert sombre contrastaient agréablement avec la soie claire.

*
* *

Aux regards que lui lançaient les belles dames de Londres, Sona devinait qu'elles étaient dépitées de ne rien trouver à critiquer dans sa toilette. Elle crut même déceler dans le regard des messieurs de tous âges une lueur d'admiration. Il y avait plus de monde que d'habitude car le duc avait convié de nombreux voisins à dîner, ce qui changeait un peu de la compagnie et de la conversation des McLarron. Pendant le dîner, Sona était assise à côté d'un séduisant jeune homme, un McDonald, qui la fit rire en lui racontant des histoires sur son clan ; son autre voisin se mêla à la conversation et leur parla de la famille Gordon. Grâce à eux, le repas passa fort agréablement mais, soudain, alors qu'elle était en train de rire d'une plaisanterie, elle remarqua, en bout de table, lady Jean, taciturne et maussade, et, à ses côtés, le marquis qui avait repris son air renfrogné et farouche.

« Si j'étais lui, je m'enfuirais pour ne plus jamais revenir », se dit la jeune fille qui savait pourtant que déserter le clan constituait, pour un McLarron, un péché mortel.

Après le dîner, on passa dans le grand salon pour le bal dont avait parlé Maggie. C'était passionnant de regarder danser la troupe du clan qui exécuta, avec une légèreté étonnante et beaucoup de brio, la danse du sabre. Sona, qui n'avait jamais assisté à pareille démonstration, applaudit avec enthousiasme. Le spectacle dura une heure environ puis les cornemusiers attaquèrent le premier branle.

Tous se mirent à danser, à l'exception du duc, du cousin qui marchait avec les cannes et de deux grand-tantes qui se contentèrent de regarder. Sona connaissait tous les pas et dansait avec entrain, les joues roses et les yeux brillants. Sa joie semblait communicative car même les plus chenus des McLarron sautillaient autour d'elle et les jeunes gens des autres clans se disputaient le plaisir d'être son cavalier. La soirée se prolongeait. Le duc et quelques autres invités âgés s'étaient déjà retirés quand, à la fin d'une pause, Sona entendit une voix grave lui demander :

— M'accorderez-vous la prochaine danse ?

Sona leva les yeux et sourit au marquis.

— Ce serait avec plaisir, mais il faut que je reprenne mon souffle, le dernier branle était plutôt enlevé !

— Je m'en suis rendu compte, répondit-il sèchement. Si vous préférez prendre un peu l'air, je vous accompagne.

Sans attendre la réponse, il se dirigea vers l'extrémité de la salle et ouvrit une porte que Sona n'avait jamais remarquée. La pièce dans laquelle ils se trouvaient à présent était sobrement meublée, mais les murs étaient ornés d'une multitude d'armes anciennes disposées selon des motifs compliqués.

— C'est l'armurerie, expliqua le marquis, comme s'il répondait à une question. Le chef devait toujours avoir ses armes à portée de la main pour partir sur-le-champ au combat.

— Je ne doute pas que les McLarron devaient être parés.

97

Le marquis ne répondit pas. Il se dirigea vers une porte qu'il ouvrit et saisit un grand candélabre en argent qui éclairait l'armurerie. Sona aperçut alors, par la porte ouverte, un petit escalier en colimaçon. Il devait mener à l'un des donjons et elle s'y engagea à la suite du marquis, en se tenant à la corde fixée au mur qui faisait office de rampe. Au sommet de l'escalier, le marquis posa le chandelier et ouvrit une nouvelle porte. Ils se trouvaient, à présent, dans une des tours d'angle du château et le marquis prit Sona par la main pour qu'elle ne fût pas effrayée tandis qu'ils longeaient le parapet crénelé. Il la guida jusqu'à un endroit d'où l'on dominait la mer.

La nuit était chaude et constellée d'étoiles. La lune était déjà haute dans le ciel et sa lumière argentée miroitait sur la mer, donnant à toutes choses un aspect enchanteur et irréel. Convaincue d'avoir pénétré dans le conte de fées auquel appartenait le château, Sona oublia tout ce qui l'avait effrayée ou troublée. Elle était envoûtée par la beauté de cette nuit étoilée baignée de lune et par l'authentique Écosse à laquelle elle appartenait. L'espace d'un instant, elle se laissa gagner par cette magie et oublia tout, même l'homme qui se tenait à ses côtés.

— Vous comprenez, à présent, pourquoi aucun de nous ne peut s'échapper ? lui demanda le marquis, d'une voix inconnue jusqu'alors.

Oui, elle comprenait cela. Elle se tourna vers lui et lui sourit. Elle remarqua alors qu'il se tenait tout près d'elle. La clarté de la lune ne permettait pas à Sona de distinguer nettement le visage du marquis mais elle devinait que brûlait dans ses yeux le même feu que la veille. Et, cependant elle n'en fut pas effrayée. En le regardant, elle comprit que lui aussi faisait partie du charme qui la retenait prisonnière, et tout le reste cessa d'exister. Lentement, comme s'il craignait de rompre l'harmonie du clair de lune et de la musique des flots, le marquis l'enlaça. Et il baisa ses lèvres. Comme si cela était inscrit dans leur destin de toute éternité. Son baiser fut d'abord tendre et étrangement impersonnel. Puis, sentant la douceur et l'innocence de Sona, il la serra davantage contre lui et sa bouche se fit plus exigeante, plus possessive, plus insistante.

Pour Sona, le rêve continuait. C'était encore une part de cette beauté qui l'enveloppait depuis son arrivée dans le Nord. Le marquis resserra son étreinte. Ses lèvres brûlantes allumèrent dans le corps de Sona une flamme vacillante. Elle sentit sa chaleur se répandre dans sa poitrine et dans sa gorge et elle ne pouvait se dégager. Elle découvrait l'amour auquel elle avait tant aspiré, idéal qui lui avait toujours paru aussi lointain que l'horizon brumeux et qu'elle n'aurait pu définir avec des mots, ni même en pensée. Le baiser se prolongeait et Sona sentait qu'elle abandonnait au marquis son cœur, son âme même. Désormais, son existence sans lui serait incomplète. Extasiée, elle voyait les étoiles pleuvoir autour d'eux et la lune les inonder d'une lumière surnaturelle qu'ils semblaient eux-mêmes irradier. Alors il releva la tête.

Sona, avec un murmure inarticulé, enfouit sa tête au creux de l'épaule du marquis. Celui-ci demeurait silencieux. Il était toute attente.

— Je vous... aime... je... vous aime ! dit enfin Sona d'une voix vibrante de joie qui semblait ne pas lui appartenir.

— Dès que je vous ai vue, j'ai su que vous seriez mienne, répondit le marquis, je vous ai cherchée toute ma vie.

— Comment pouviez-vous savoir ?...

— Comment pouvez-vous poser une question aussi stupide ? répondit le marquis en souriant.

Elle comprit alors : ils étaient faits l'un pour l'autre.

— Je crois qu'aujourd'hui... en voyant ce piège... terrible.. qui vous était destiné... j'ai compris que je vous... aimais... murmura-t-elle, mais, jusqu'à cette minute, je n'en avais pas conscience.

— Et maintenant ?

— Je vous... aime tant... je vous appartiens... tout entière.

Il la serra si étroitement qu'elle en eût le souffle coupé.

— Mais, ma belle petite Sona, cela est sans espoir, déclara-t-il.

Elle se souvint alors qu'il était sur le point de

se marier et qu'après la cérémonie, ils seraient séparés à jamais.

— Comment... cela a-t-il pu vous arriver... à vous ? demanda-t-elle naïvement.

— Je n'ai trouvé aucun moyen de l'éviter.

— Mais... pourquoi avoir accepté ?

Bien que la question pût paraître déplacée en un tel moment, Sona brûlait de la lui poser depuis longtemps. Il leva son regard vers les étoiles et la jeune fille distingua les lignes dures de son menton.

— J'ai été trompé par mon père d'une manière telle que j'ai honte d'en parler, surtout à vous.

— Il faut que je sache. Tout cela m'a tellement... bouleversée et inquiétée depuis mon arrivée... Et je ne... peux supporter... de vous voir souffrir.

Sa voix se brisa ; le marquis inclina la tête et elle devina ses traits fortement accusés et son regard malheureux.

— Voici cinq ans, j'ai quitté la maison, expliqua-t-il, car mon père ne tenait aucun compte de mes avis et refusait de vivre avec son époque ; il ne voulait même pas améliorer les conditions de vie misérables de beaucoup des nôtres. Nous nous sommes affrontés et j'ai tenté de le convaincre jusqu'au jour où la situation est devenue si intolérable que j'ai dû partir.

— Vous vous... préoccupez donc réellement des McLarron !

— Ce sont les miens ; c'est ma famille et... nous

sommes du même sang, du plus modeste au plus grand. (Il y avait une telle sincérité dans sa voix que Sona en ressentit une grande fierté.) Je suis donc parti pour Londres pour essayer d'oublier et j'ai fait tout mon possible pour convaincre les hommes politiques et le Roi, bien entendu, de montrer davantage de bienveillance envers l'Ecosse.

— C'est à vous qu'on doit la venue de Sa Majesté à Edimbourg ?

— C'est moi qui en ai eu l'idée.

— C'est... merveilleux d'avoir fait cela !

— Nous en attendons beaucoup et nous espérons que cela inaugurera une ère nouvelle dans les relations entre l'Angleterre et l'Ecosse.

— Parlez-moi encore... de vous.

— J'ai su, par des membres du clan en visite à Londres, que mon père désirait ardemment que je rentre. Non que ma compagnie lui manquât mais il craignait que je me marie avec une femme du Sud.

— Et... en aviez-vous... l'intention ? demanda Sona d'une toute petite voix.

Le marquis la regarda.

— Ce qui est sûr, ma chérie, et je vous demande de me croire, c'est que jamais je n'avais eu envie d'épouser qui que ce soit avant de vous connaître.

— Est-ce bien vrai ?

— C'est la vérité. J'ai eu de nombreuses aventures, vous pouvez le comprendre, mais aucune femme n'avait touché mon cœur avant que nos regards se croisent, le premier soir, au dîner.

— J'ai senti, moi aussi... qu'un fluide étrange... passait entre nous, à ce moment.

— En ce qui me concerne, il n'y avait rien d'étrange. C'était plutôt une lumière aveuglante qui vous a auréolée comme un signe divin. Mais je savais que cela venait trop tard. Sona laissa échapper un petit cri de douleur mais, sachant qu'il ne pouvait en rester là, le marquis poursuivit : j'ai reçu une lettre dans laquelle mon père se prétendait à l'article de la mort et m'intimait l'ordre de rentrer immédiatement pour lui succéder à la tête du clan. Je suis revenu toutes affaires cessantes ; j'ai même voyagé par mer, pour gagner du temps.

— Que s'est-il passé quand vous êtes arrivé ?

— J'imagine qu'on devait guetter mon arrivée pour n'être pas pris au dépourvu, répondit le marquis avec une pointe de cynisme. Toujours est-il que je n'avais pas plus tôt débarqué qu'on me pressait de me rendre au chevet de mon père. Il était entouré des doyens du clan ; parmi eux se trouvait le comte de Borabol. (Sona, qui commençait à entrevoir le film des événements, se raidit.) La chambre était plongée dans l'obscurité. Il y avait là aussi un prêtre et un médecin qui m'avait affirmé que mon père n'en avait plus pour longtemps. Il eut un moment d'hésitation puis poursuivit d'une voix âpre : je croyais tout ce que l'on me disait, évidemment. Pourquoi me serais-je méfié ?

— Bien sûr, murmura Sona.

— Quand je m'approchai de lui, il semblait très faible et me dit que la fin était proche : « Tu dois me remplacer à la tête du clan, Napier. Sois leur chef, guide-les et protège-les. »

— « Je le ferai, père » ai-je répondu. « Et pour le plus grand intérêt de notre peuple », a-t-il poursuivi, « tu dois me promettre maintenant et ici même que tu réuniras les McLarron et les McBora par ton mariage ! »

— Qu'avez-vous... répondu ?

— J'étais stupéfait et j'ai mis un moment à réaliser ce que venait de dire mon père. Puis, voyant que j'hésitais, quelqu'un, j'ai oublié qui, a placé un poignard dans ses mains frêles. « Tu dois jurer solennellement, Napier, a imploré mon père, que tu exécuteras ma dernière volonté. Après je ne te demanderai plus rien, mais n'oublie pas que tout serment prêté par un membre du clan sur le poignard est sacré ! » Le marquis observa une pause avant de poursuivre : il a fermé les yeux comme si le fait d'avoir parlé avait épuisé ses dernières forces. Mais je savais qu'il vivait encore et que, comme toutes les personnes présentes, il attendait que je m'exécute. Alors j'ai fait ce qu'il m'avait demandé. J'ai prêté serment et je ne pourrai jamais le rompre.

— C'est... cruel... c'est inique... d'avoir exigé une chose pareille ! s'écria Sona.

— Le surlendemain, quand mon père s'est levé de son « lit de mort », je me suis rendu compte que j'avais été trompé. Il a pris la direction des opérations exactement comme il l'avait prévu et j'ai dû partir avec le comte de Borabol pour faire la connaissance de sa fille. Vous avez vu à quoi elle ressemble.

Sona ne put répondre : des larmes roulaient le long de ses joues. Penser à la douleur du marquis, à son humiliation en découvrant la comédie qu'on lui avait jouée afin de l'amener à renoncer à sa liberté, lui était insupportable.

— Je vous ai bouleversée, ma chérie, déclara-t-il. Je ne voulais pas le faire mais je devais vous dire la vérité.

— Et maintenant... je vous en aime... davantage ! sanglota Sona. Je vous adore... et je vous respecte... car vous faites ce que vous croyez... juste, même si au fond... ça ne l'est pas.

— Ça ne l'est pas du tout, reconnut le marquis, parce que cela signifie que je vais vous perdre.

Sa voix était si lourde de chagrin que Sona en oublia ses propres larmes et leva les yeux sur lui. Il contemplait son visage baigné par la clarté de la lune, les larmes qui scintillaient sur ses joues, son regard noyé au fond duquel les étoiles semblaient se refléter.

— Je vous aime, je vous adore ! dit-il. Vous êtes à moi pour toujours ! Mais qu'allons-nous devenir, ma chérie, si nous sommes séparés ?

Sona avait envie de crier sa révolte devant tant d'injustice ; mais elle se retint : elle n'avait pas le droit de le blesser davantage.

— Je vous attendrai, se contenta-t-elle de déclarer très doucement. Peut-être qu'un jour... Dieu nous sera-t-il miséricordieux.

— Comment pourrais-je vous demander une chose pareille ? Vous êtes si belle, si parfaite. Il faut vous marier, ma chérie, avec quelqu'un qui prendra soin de vous et vous protègera. Mais en parler et même y penser m'est insupportable.

— Je suis... à vous... et jamais je ne pourrai souffrir... qu'un autre homme... me touche, répondit Sona en secouant la tête.

— Vous ne pouvez penser cela et rester humaine et réelle ! Vous êtes faite pour le bonheur, pour la joie. Si j'en avais le pouvoir, je vous offrirais les étoiles du ciel et les vagues de la mer. Mais tout ce que je peux faire, c'est vous laisser partir en m'abandonnant aux ténèbres d'un enfer dont seule la mort me délivrera. Il la regarda fixement et poursuivit : il eut peut-être été préférable que vous ne m'ayez pas sauvé de ce piège.

— Non, non, vous ne devez pas parler ainsi ! Tant que nous sommes en vie, il reste un... espoir. Je sens qu'un jour, — peut-être parce que je suis un peu « devineresse » — je ne sais ni quand ni comment, mais nous serons réunis.

— Vous le croyez vraiment ?

— J'en suis sûre.

— J'attendrai et je prierai, dit-il en retenant son souffle. Peut-être qu'après tout votre nom est un heureux présage. Vous savez qu'il signifie « chanceux » ?

— Evidemment, je le sais.

— Son-a, prononça le marquis en gaélique.

— Vous parlez gaélique ? s'exclama la jeune fille, ravie.

— Assez bien quand j'en ai l'occasion. Je l'ai appris enfant et, même après mon départ, je me suis efforcé de le pratiquer à la moindre occasion, pour ne pas l'oublier.

— Comment ai-je pu douter que vous feriez un merveilleux chef de clan ?

Elle réalisa alors que c'était Torquil qui, dès leur première rencontre, avait suscité ses préventions contre le marquis. A présent, elle se sentait profondément soulagée, bien qu'elle eût conscience que seul son attachement à Napier pourrait la soutenir.

— Nous devons rentrer, ma chérie, dit le marquis, comme s'il devinait son désespoir. Je ne voudrais pas donner aux mauvaises langues qui nous entourent l'occasion de médire. Demain, je m'arrangerai pour trouver à vous parler. (Il soupira.) Nous avons tant de choses à nous dire, tant de choses qui m'étouffent et m'empoisonnent.

— Vous ne devez pas les laisser... vous empoisonner. Quelles que soient vos souffrances, n'oubliez pas qu'à mes yeux vous représentez ce qu'il y a de plus beau, de plus admirable... Je vous aime... je vous aime... Quels mots pourraient exprimer...

Le regard du marquis s'enflammait à nouveau et il l'embrassa farouchement, passionnément.

Elle sentait le désir du marquis, sauvage comme une mer démontée ou une fournaise ardente, et elle en était fière. Il l'aimait autant qu'elle l'aimait, elle en était sûre, et jamais il ne la ferait souffrir.

— Il faut que je vous reconduise, ma chérie, déclara le marquis d'une voix rauque et mal assurée, quand il sentit Sona étourdie, enivrée par leur baiser.

Il la guida jusqu'au donjon et ils s'engagèrent dans le petit escalier en colimaçon, le marquis précédant Sona de crainte qu'elle ne tombât. Sans bien comprendre ce qui leur arrivait, elle avait le sentiment étrange et mystérieux qu'ils ne formaient qu'un seul être et que, même mariés, ils ne sauraient être plus proches. En arrivant à la porte de l'armurerie, le marquis s'arrêta.

— Je vous adore, ma chérie, dit-il rapidement. Je vous obéirai et j'essaierai de croire qu'un jour les nuages se dissiperont.

— Je prierai... pour cela, murmura Sona.

Il ouvrit la porte sur la musique des cornemuses...

*
* *

Dans la solitude de sa chambre, Sona comprit qu'elle venait de vivre quelque chose de si pur, de si merveilleux, qu'elle possédait désormais un trésor qu'elle pourrait garder enchâssé au plus profond d'elle-même. Quoiqu'il pût arriver, ni les hommes ni les aléas de la vie ne pourraient en ternir l'éclat. De retour dans le Sud, séparée du marquis, elle connaîtrait les affres de l'angoisse mais jamais leur amour, qui était éternel, ne s'éteindrait.

Allongée sur son lit, elle sentait encore l'étreinte de ses bras, le goût de ses lèvres. Elle sut alors que, loin de s'étioler, leur passion irait croissant, quelle que soit la distance qui les séparerait, quelle que soit leur souffrance.

— Je l'aime !... Je l'aime ! cria-t-elle, le visage enfoui dans l'oreiller.

Et un long frisson la parcourut quand elle se répéta les paroles qu'il avait prononcées. C'est alors que Sona entendit, pour la seconde fois, le son du tambour. Bien que lointain, il était parfaitement identifiable. Cette fois-ci, il n'y avait aucun doute : elle n'était pas en train de rêver. C'était bien un tambour qui résonnait dans les ténèbres, d'une manière surnaturelle.

Elle s'assit dans son lit. A la pensée que le tambour pouvait annoncer non pas la mort du duc, comme on aurait pu s'y attendre, mais celle du marquis, elle sentit une angoisse aiguë la transpercer. Aujourd'hui, elle lui avait sauvé la vie mais qu'en serait-il demain, après-demain, les autres jours ? Elle ne serait plus là pour le protéger et tout pouvait arriver. Elle joignit les mains et écouta le son du tambour décroître dans le lointain. Elle eut l'épouvantable certitude que l'avertissement lui était destiné à elle, et à elle seule. Demain, le marquis tomberait dans un autre piège ou serait victime d'un « accident regrettable » et inexplicable. On ne pourrait que constater sa mort.

— Sauvez-le, oh ! mon Dieu ! s'écria-t-elle.

Dans sa terreur, elle se mit à prier de façon désespérée et incohérente pour qu'échouent les ennemis du marquis.

CHAPITRE 5

Au réveil, Sona trouva le monde éclatant et le soleil plus brillant que jamais. Elle n'oubliait pas que, bientôt elle serait séparée du marquis mais l'amour semblait transformer le moindre de ses gestes. Le moment déchirant du départ était encore loin et seule l'habitait l'évidence qu'elle appartenait au marquis. Et contre cela personne ne pourrait rien.

Elle était en train de s'habiller quand la femme de chambre entra.

— C'est une belle journée et je suis heureuse d'être ici, déclara Sona.

— Nous, c'est tout ce qu'on veut, miss, que vous vous sentiez bien, répondit la femme. Autrefois, le château, y faisait bon y vivre.

Réflexion qui impliquait que les choses avaient changé...

— Le marquis devait se sentir bien, lui aussi, quand il était enfant, dit Sona comme pour elle-même.

— Sûr, miss, répliqua la femme de chambre d'une voix chaleureuse. On disait toujours qu'y avait pas plus charmant et plus heureux d'vivre que lui, comme qui dirait. (Puis elle soupira.) Y a pas, on doit tous vieillir et c'est alors que commencent les ennuis ! Sona ne trouvant rien à répondre, la gouvernante poursuivit, comme pour se consoler : dans les bons jours comme dans les mauvais, c'est le chef qui a toujours été le cœur du clan.

Elle sortit et, restée seule, Sona répéta :

— Le cœur du clan.

C'est ainsi que le marquis devait apparaître aux siens et sa tâche à elle était de l'aider à y parvenir, quoi qu'il pût lui en coûter. Il fallait aussi prier pour que les nuages menaçants accumulés sur leurs têtes se dissipent un jour. Elle implora Dieu avec ferveur et eut l'impression que sa mère l'aidait et que tous les défunts du clan protégeaient ceux qui restaient fidèles à la tradition des McLarron.

Dans la salle à manger où elle ne trouva que les matinaux habituels, elle devina que le marquis avait déjà déjeuné. Sona avala rapidement son repas afin d'éviter lady Jean dont la seule vue l'exaspérait. Ne souhaitant pas, non plus, rencontrer Torquil, elle avait renoncé à sa promenade quotidienne et décidé qu'il serait préférable de rester avec son père. Le colonel arriva alors que Sona achevait son petit déjeuner. Il annonça qu'il accompagnerait les pêcheurs en voiture jusqu'à la rivière, peut-être même tenterait-il sa chance au lancer.

— Puis-je venir avec vous, aujourd'hui, papa ?

Celui-ci parut ravi de la proposition.

— Oui, car demain je ne pourrai pas rester longtemps à la rivière, les derniers membres du clan doivent arriver, expliqua-t-il, et je veux te présenter à ceux que j'ai connus autrefois, ou s'ils sont morts, à leurs fils et petits-fils.

Sona savait que ce serait une grande joie pour son père. Mais l'arrivée des membres du clan signifiait aussi qu'il ne restait plus que deux jours avant le mariage du marquis. Le colonel avait expliqué que des tentes seraient installées dans le parc et la lande environnante. La nuit, on allumerait des feux de camp pour se réchauffer mais il serait difficile de dormir avec les cornemuses qui allaient rivaliser de virtuosité. Et Sona repensa alors au tambour-fantôme qu'elle avait entendu résonner deux nuits de suite et elle décida de demeurer toujours à proximité du marquis, dans le cas où il serait menacé.

« Il faut que je lui en parle et je le supplierai d'être prudent », se dit-elle.

Elle devrait tout faire pour adoucir son chagrin et non pas risquer d'aggraver encore la situation. Il était si autoritaire et si possessif qu'elle se sentait entièrement subjuguée et, pourtant, elle avait le sentiment que l'amour qu'elle lui portait le protègerait. Elle aurait voulu, comme une mère, lui éviter la moindre souffrance, qu'elle fût morale ou physique.

« C'est l'amour », se dit-elle soudain en réalisant qu'un homme, aussi fort soit-il, ne pouvait vivre sans la tendresse d'une femme.

Sona et le colonel quittèrent le château dans une voiture attelée de ces vigoureux poneys qui peuvent gravir, de leur pas mesuré, les pentes les plus raides sans se fatiguer, et un attelage de deux chevaux emmena les autres pêcheurs jusqu'à la rivière. En chemin, le colonel parla de la région, montra à Sona les vestiges d'un château fort qui, outre son rôle de protection contre les ennemis, avait servi aussi de poste d'observation d'où l'on pouvait sonner l'alarme quand les longs drakkars des Vikings approchaient des îles.

— Cela devait être effrayant de savoir que ces grands hommes blonds au regard clair venaient de si loin pour se battre, fit remarquer Sona.

— Le clan a souvent estimé que battre en retraite constituait la meilleure preuve de courage, dit le colonel en souriant. Puis, devant le regard interrogateur de Sona, il expliqua : il y avait un tunnel dont l'entrée était près du rivage et qui débouchait dans la lande. Bien qu'il ait été surtout destiné aux femmes et aux enfants, je pense que les hommes l'utilisaient souvent quand les Vikings étaient en vue.

— On peut dire que c'est astucieux, dit Sona en riant.

— Tout à fait, acquiesça le colonel. Les Vikings faisaient deux fois leur taille et disposaient d'un armement très supérieur. Après avoir écumé les environs, ils n'avaient plus qu'à repartir avec leur butin.

— J'aimerais bien voir ce tunnel.

Le colonel éclata de rire.

— J'ai oublié son emplacement et j'espère qu'on ne l'utilise plus. Mais, si nous avons le temps demain, je te montrerai un fort assez bien conservé qui se trouve à deux kilomètres à peine du château.

— Cela me plairait beaucoup.

Durant la matinée, elle eut la joie d'assister à la prise de trois grands saumons. Tandis que les pêcheurs dévoraient leurs sandwichs au bord de la rivière, Sona et son père reprirent la direction du château.

Si ni le duc ni le marquis ne se trouvaient dans la salle à manger, toutes les dames, en revanche, étaient là. Elles donnaient l'impression de s'ennuyer ferme, privées toute la journée de la compagnie des hommes, et de ne plus tenir en place, sans autre ressource qu'un interminable bavardage. A présent, la conversation roulait sur les bals et autres réjouissances qu'elles manquaient pendant leur absence.

— Je suis contente que Sa Majesté ne nous ait pas demander de l'accompagner à Edimbourg, en août. Je me demande si Napier sera du voyage, dit l'une d'elle à sa voisine en jetant un coup d'œil éloquent vers lady Jean.

Le Roi, en effet, qui était amateur de jolies femmes, ne souhaiterait probablement pas voir la marquise d'Inver faire partie de sa suite. Sona ne put s'empêcher de songer au bonheur qui serait le sien si elle pouvait aller à Edimbourg avec le marquis et être témoin de l'enthousiasme des Ecossais quand le « *Royal George* » entrerait, toutes voiles dehors, dans le port de Leith. Ce serait la première visite d'un roi d'Angleterre en Ecosse depuis Charles II. La jeune fille était remplie de fierté à la pensée que le marquis était à l'origine de cet événement et qu'il pouvait tant pour son pays.

Après le déjeuner, tandis que son père se reposait, elle fit une petite promenade dans le jardin, où elle admira les fleurs groupées avec art autour de la fontaine. Mais elle renonça à aller jusqu'à la plage, de crainte d'y rencontrer Torquil. Plus elle réfléchissait à sa proposition de mariage par déclaration, plus cela lui paraissait étrange, et elle avait acquis la certitude que sa demande en mariage n'était pas dénuée d'arrière-pensées.

« C'est un jeune homme bizarre, se dit-elle, et il vaut mieux que j'obéisse au duc et que je ne lui parle plus, sauf si je ne peux faire autrement. »

Elle ne voulait pas se montrer impolie à l'égard de Torquil mais il la mettait mal à l'aise et, bien qu'elle se posât de nombreuses questions à son sujet, elle redoutait d'interroger les habitants du château. L'après-midi s'écoula lentement jusqu'au retour des pêcheurs, à l'heure du thé, qui firent un sort aux baps [1], scones grillés, galet-

1. *Bap :* petit pain au lait, spécialité écossaise.

tes d'avoine et autres pains fourrés de groseilles et de raisins secs qu'ils dévoraient tout en se vantant de leurs exploits à la rivière.

— J'ai l'intention de vous rejoindre demain, dans la journée, dit le colonel.

— Demain, nous organisons une loterie, répondit un McLarron sur le ton de la plaisanterie. Je serais contrarié si vous veniez à gagner, Alister, mais j'ai l'impression désagréable que vous en êtes capable.

Alors qu'ils riaient tous deux, un domestique s'approcha de Sona et lui glissa à l'oreille :

— Sa Seigneurie m'a chargé de vous rappeler que vous deviez visiter l'armurerie à cinq heures et demie, miss.

— C'est exact, dites à Sa Seigneurie que je n'ai pas oublié, répondit rapidement Sona dont le cœur s'était mis à battre à tout rompre.

Tandis que les dames se retiraient pour se reposer un peu avant le dîner et que les messieurs gagnaient la bibliothèque, probablement pour y somnoler dans de profonds fauteuils, Sona se hâta vers l'armurerie. Elle la trouva vide. Elle craignit, un instant, d'avoir mal compris le message : peut-être le marquis l'attendait-il autre part ? Elle remarqua, alors, que la porte du donjon était entrouverte et elle s'y précipita. Malgré les rayons du soleil couchant qui filtraient à travers les meurtrières, la lumière était moins vive que dans l'armurerie. La porte se referma brusquement derrière elle et elle se retrouva dans les bras du marquis. Sans prononcer un seul mot, celui-ci la serra contre lui à l'étouffer et prit possession de sa bouche. Il l'embrassa avec sauvagerie et passion, comme s'il ne pouvait plus contrôler son désir et que les heures passées loin d'elle lui eussent été insupportables. Le feu qui brûlait les lèvres du marquis trahissait le besoin impérieux qu'il avait d'elle et se communiquait à Sona. Il l'embrassa longtemps ainsi. Eperdue, elle sentait les flammes de leur amour croître jusqu'à les consumer entièrement et, incapable d'en supporter davantage, elle enfouit son visage dans la poitrine du marquis, avec un petit cri inarticulé.

— Je vous aime ! Dieu, que je vous aime, dit le marquis d'une voix grave et mal assurée. Puis il lui baisa les cheveux et demanda : qu'avez-vous fait pour me mettre dans un tel état ? Je n'aurais jamais pensé que l'amour fût si exigeant, si violent. Je suis comme un bateau à la dérive dans une tempête qui le dépasse.

— C'est... aussi... ce que je ressens. Je vous... aime et rien d'autre... n'existe au monde... que nous.

Le marquis l'embrassa à nouveau jusqu'à en perdre le souffle.

— Je ne savais pas qu'une journée pouvait être aussi longue, que les heures s'écoulaient si lentement, mais je n'osais pas vous voir avant d'être sûr que tout le monde se repose.

— Vous aviez... raison.

— Nous sommes en sécurité ici mais nous

devons être prudents, ma chérie. Je ne supporterais pas que l'on jase à votre sujet, que vous
ayez à subir les réflexions désagréables que
l'on ne manquerait pas de vous faire si on
venait à découvrir ce que nous sommes l'un pour
l'autre.

— Nous devons nous méfier non seulement des
invités... mais aussi du clan... qui ne doit pas
savoir... que quelque chose ne va pas, soupira
Sona.

— Pourquoi dites-vous cela ?

Le marquis la tenait toujours enlacée et la contemplait, comme incapable de détacher les yeux
de son visage.

— La gouvernante m'a dit ce matin que le
chef... était le cœur du clan, expliqua Sona. C'est
ce que vous serez très bientôt. Il faudra que vous
soyez... non seulement respecté et admiré... mais
aimé.

Le marquis resserra son étreinte.

— Je comprends ce que vous voulez dire mais il
me sera difficile, très difficile d'accomplir mon
devoir si vous n'êtes pas à mes côtés.

— J'y ai... pensé... aussi, murmura Sona.

— Comment envisager l'avenir sans vous ?
Rien ne pourrait être plus merveilleux que vivre
ici, avec vous comme épouse. Nous veillerions
sur les nôtres, nous défendrions les droits de
l'Ecosse et nous tenterions d'obtenir la bienveillance du Roi à notre égard. Mais, pour cela, j'ai
besoin de vous. Désespérément besoin de vous !

Sa voix était si douloureuse que Sona se serra davantage contre lui.

— Je prie, dit-elle, je prie constamment pour que, même si je suis physiquement séparée de vous, mon esprit, mon cœur et mon âme vous appartiennent.

— Cela ne me suffit pas, loin de là ! répondit le marquis avec désespoir.

Il recommença à l'embrasser passionnément. Son baiser se fit si exigeant que Sona laissa échapper un petit cri et eut un geste de défense. Il relâcha aussitôt son étreinte.

— Pardonnez-moi, ma chérie. Vous me faites perdre la tête et j'oublie combien vous êtes douce et fragile. J'ai juré de ne jamais vous blesser d'aucune façon mais vous êtes si désirable que je perds le contrôle de moi-même. Il l'embrassa très doucement sur le front et poursuivit : je voudrais vous enfermer dans une tour comme celle-ci afin que personne d'autre que moi ne puisse vous voir. Votre beauté doit rendre les hommes fous d'amour et quand vous serez repartie dans le Sud, la jalousie aura raison des dernières lueurs de mon esprit.

— Vous n'avez... aucune raison... d'être jaloux, l'assura doucement Sona, il n'y aura jamais d'autre... homme que vous dans ma vie.

— Je suis jaloux de l'air que vous respirez, du soleil qui joue avec les reflets dorés de vos cheveux et de la lune qui emplit vos yeux de mystère, rétorqua le marquis d'un ton farouche.

— C'est toute la poésie de l'Ecosse qui s'exprime par votre bouche quand vous parlez ainsi.

— Je pourrais écrire un poème sur vous mais je devrais plutôt pourfendre nos ennemis, ma chérie. Hélas ! ils sont beaucoup plus difficiles à combattre que des guerriers en armes.

Il faisait allusion à son père qui l'avait berné et au comte de Borabol qui s'était rendu complice de toutes ces manigances pour bien marier son laideron de fille.

— Oubliez cela... pour l'instant, implora Sona, ne pensez qu'à nous... Nous sommes loin du monde, dans une tour enchantée avec seulement les fantômes pour nous tenir compagnie.

— Des fantômes qui nous comprennent et sont prêts à nous aider. Le croyez-vous vraiment ?

— Bien sûr, répondit doucement Sona, et peut-être les fantômes, par quelque magie de leur cru, nous apporteront-ils le bonheur ?

— C'est vous que je veux, répliqua le marquis.

Et ils s'embrassèrent à nouveau. Puis ils gravirent l'escalier et s'assirent sur la plus haute marche. Par la porte ouverte, ils sentaient la douceur de la brise marine. Le soleil s'enfonçait dans un glorieux flamboiement et embrasait la chevelure dorée de Sona. Ils avaient tant de choses à se dire et, pourtant, ils restaient de longs moment silencieux à se regarder. Mais, bientôt, irrésistiblement, leurs lèvres se joignaient comme si c'était le seul moyen, pour eux, de satisfaire leur passion et d'exprimer leur amour.

Plus tard, ils entendirent un carillon dans le lointain.

— Dans une demi-heure, c'est le dîner, dit le marquis à regret. Nous devons rentrer, mon amour, car vous aurez juste le temps si vous voulez vous faire encore plus belle que vous ne l'êtes en ce moment. Puis il ajouta en souriant : mais cela me semble impossible. A chaque fois que je regarde votre visage, votre beauté me surprend.

— Je n'en désire pas davantage, répondit Sona, ainsi vous ne vous lasserez jamais de moi.

— Pensez-vous que cela soit possible ?

Ils échangèrent un nouveau baiser puis, craignant d'arriver en retard pour le dîner, ils fermèrent la porte et descendirent rapidement l'escalier en colimaçon. En arrivant devant la porte de l'armurerie, Sona remarqua que le marquis s'apprêtait à la quitter et que l'escalier continuait à descendre. Il n'avait pas besoin de s'expliquer, elle le comprenait. Il l'embrassa brièvement mais avec passion, puis elle pénétra dans l'armurerie dont la porte se referma dans son dos. Elle parcourut rapidement le grand salon et le couloir et regagna sa chambre où elle trouva Maggie qui l'attendait.

— Je m' demandais c'qui vous était arrivé, miss ! s'exclama celle-ci.

— Je ne pensais pas qu'il était si tard.

— J' vais vous aider, miss, vot' bain est prêt.

Grâce à Maggie qui l'aida à passer l'une de ses robes les plus seyantes, Sona arriva à la salle à manger trois minutes avant le dîner. La majorité des hôtes étaient déjà là, ainsi que le duc. Le marquis se tenait derrière sa chaise. Sona plongea dans une révérence en baissant les yeux, de crainte que le duc n'interceptât son regard plein d'amour.

— Qu'avez-vous fait aujourd'hui, Sona ? demanda le duc.

— Ce matin, je suis allée regarder les hommes qui pêchaient, Votre Grâce.

— Et vous aimeriez apprendre ?

Sona hésitait à répondre qu'elle aurait plaisir à s'y essayer, quand la porte du salon contigu s'ouvrit : la comtesse de Borabol entra comme un ouragan.

— Votre Grâce, dit-elle très agitée, je ne comprends pas ce qui a pu se passer, Jean n'est pas encore rentrée.

— Elle n'est pas rentrée ? reprit le duc. Où était-elle allée ?

— Elle est sortie pour une petite promenade, après le thé, expliqua la comtesse, elle aime beaucoup marcher mais je ne pensais pas qu'elle s'absenterait si longtemps. Elle n'est pas dans sa chambre et la bonne m'assure qu'elle ne l'a pas habillée pour le dîner.

Le comte apparut à son tour.

— Les domestiques affirment que Jean ne se trouve pas au château, dit-il en s'adressant à sa femme.

La comtesse poussa un cri perçant.

— Qu'a-t-il pu lui arriver ? Elle a dû avoir un accident.

— A mon avis, c'est tout à fait improbable, dit le duc tranquillement. Avez-vous une idée de la direction qu'elle a prise ?

La conversation avait attiré l'attention générale.

— Je l'ai vu traverser le jardin pendant que je tricotais près de la fenêtre, dit une des grand-tantes.

— Alors, elle sera descendue jusqu'à la plage, suggéra le duc.

— L'endroit est-il dangereux ? demanda la comtesse.

— Non, pas le moins du monde, la rassura le duc, et la mer a été très calme aujourd'hui.

— Mais alors qu'a-t-il pu se passer ?

— Elle a pu faire une chute et se fouler la cheville bien que cela semble peu probable, suggéra le comte. Ou elle est allée très loin sans s'en rendre compte.

— Jean est toujours ponctuelle, répliqua la comtesse. Si elle n'est pas rentrée, il y a une bonne raison, vous pouvez en être sûrs.

Le duc se retourna vers le marquis qui se tenait toujours derrière lui.

— Napier, dis aux domestiques qu'ils partent à

la recherche de ta *fiancée*[1], ordonna-t-il. Qu'ils se partagent en deux groupes : certains iront sur la plage, d'autres vers les falaises. Et que l'on alerte les chasseurs.

— Je vais m'en occuper, répondit le marquis.

Il quitta la pièce. Tout le monde se mit à parler en même temps tandis que la comtesse répétait à l'envi qu'elle ne comprenait pas ce qui avait pu arriver à sa fille. On finit par passer à table. L'atmosphère était tendue, le comte et la comtesse ne pouvaient parler d'autre chose que de la disparition de lady Jean, et chacun de raconter comment il s'était égaré dans la lande à cause du brouillard ou autres mésaventures.

— Que pensez-vous qu'il lui soit arrivé ? demanda Sona à son voisin, un McLarron également.

— Si vous voulez mon avis, répondit celui-ci à voix basse, Jean Borabol est en train de nous jouer un tour vieux comme le monde : elle essaie d'attirer l'attention sur sa personne.

— Que voulez-vous dire ?

— Son futur époux ne se montre guère empressé, répondit cyniquement l'interlocuteur de la jeune fille. Peut-être pense-t-elle qu'en disparaissant, elle pourra toucher son cœur.

« Ce qui est tout à fait exclu », pensa Sona. Elle s'efforça pourtant de répondre poliment.

1. En français dans le texte.

— J'espère que vous avez raison et qu'elle va nous revenir saine et sauve.

La nuit tombait quand le dîner s'acheva et la comtesse devenait franchement hystérique. Malgré les recherches entreprises par les domestiques, on était toujours sans nouvelles de la jeune fille.

— Dites-leur de continuer, ordonna le duc, elle doit bien être quelque part.

— Les chasseurs, les pêcheurs, les bûcherons, tous les gens qui se trouvent sur nos terres ont l'ordre de partir à sa recherche, répondit le marquis. Ils y passeront la nuit entière s'il le faut et j'y vais moi-même.

— Très bien, approuva le duc, je suis sûr que si quelqu'un a des chances de la retrouver, c'est bien toi, Napier. Après tout, tu es responsable d'elle.

— J'en suis tout à fait conscient.

— Oh ! il faut que vous la retrouviez ! implora la comtesse en s'agrippant au marquis.

— Je vous promets de faire tout ce qui sera en mon pouvoir, répondit celui-ci, je vous en conjure, ne vous inquiétez pas : je suis sûr qu'il y a une explication toute simple à la disparition de votre fille.

— J'espère que vous avez raison, déclara le comte. Je vous accompagne, le temps de changer de chaussures.

— Oui, bien entendu, répondit le marquis.

Le comte sortit précipitamment. A présent,

tous se taisaient, comme s'ils ne savaient plus que dire. Un domestique s'approcha alors du duc et lui glissa quelques mots à l'oreille.

— Qu'est-ce que c'est ? Quel homme ? Que veut-il ? demanda le chef d'un ton sec qui intrigua tout le monde.

Le domestique murmura à nouveau quelque chose et le duc s'exclama :

— Mais enfin, si quelqu'un apporte des nouvelles, faites-le entrer. Qu'attendez-vous ?

La comtesse s'approcha.

— C'est quelqu'un qui apporte des nouvelles de Jean ?

— Il semble que oui.

— Alors faites-le entrer tout de suite, qu'il nous dise ce qui est arrivé, implora la comtesse.

Le domestique réapparut suivi de deux hommes dont l'un, à la grande surprise de Sona, n'était autre que Torquil. Il était plus beau que jamais dans sa veste de tweed sur son kilt, un plaid jeté sur l'épaule. Le duc ne l'aperçut pas immédiatement : il regardait l'autre homme et lui demanda avec brusquerie :

— Que signifie votre présence ici ?

Torquil inclina la tête d'un air plein de fierté.

— Angus McLarron a des informations qui m'ont paru présenter de l'intérêt pour vous, Votre Grâce, et comme il n'osait pas venir seul, j'ai accepté de l'accompagner.

— Pour vous mettre en avant, comme d'habitude, fit remarquer le duc d'un ton sarcastique.

— Si cet homme sait quelque chose, qu'il parle, déclara la comtesse sur les charbons ardents.

Torquil se tourna vers l'homme qui se tenait à ses côtés. C'était un individu d'apparence négligée, à l'air retors ; il semblait nerveux et triturait son béret, visiblement impressionné par le duc et ses invités.

— Bon, alors, que se passe-t-il, mon brave ? demanda le duc. On vous écoute !

Mais Angus McLarron s'avérant incapable de s'exprimer avec clarté, ce fut Torquil qui expliqua :

— Si vous permettez, je vais parler pour lui, Votre Grâce. Angus vient de me dire qu'un peu plus tôt dans la soirée, il a vu deux personnes sur les falaises, un homme et une femme.

— Qui étaient-ils ?

— Angus a reconnu lady Jean. Il l'avait déjà vue auparavant et savait qu'elle est la fiancée du marquis.

— Que faisaient-ils ? Où allait-elle ? interrogea la comtesse.

Le duc leva la main.

— Un instant. Laissons-le finir avant de poser des questions.

La comtesse pinça les lèvres ; de toute évidence, il lui en coûtait fort d'obéir au duc.

— Donc ces deux personnes marchaient en haut des falaises ?

— C'est là qu'Angus les a vues, Votre Grâce, reprit Torquil, il a même trouvé qu'ils se tenaient bien près du bord. La marée montait et il arrive qu'en se brisant sur les rochers, les vagues éclaboussent les imprudents.

— Oui, oui, coupa le duc avec impatience. Que s'est-il passé ?

— Angus dit, Votre Grâce, que soudain, ils ont commencé à se battre. Puis il a vu l'homme pousser lady Jean dans le vide.

Un silence de mort accueillit ces propos. Puis la comtesse poussa un cri strident dont l'écho se répercuta dans la pièce.

— Ma fille ! Ma fille ! On l'a assassinée ! Assassinée !

Elle agitait les bras, comme sur le point de s'évanouir et deux de ses voisines s'empressèrent de la soutenir. Le duc cependant, ne lui prêta aucune attention.

— Vous dites, poursuivit-il lentement, que cet homme, Angus McLarron, affirme avoir vu quelqu'un pousser lady Jean du haut de la falaise ?

— C'est ce qu'il dit, Votre Grâce, confirma Torquil.

— Je pense qu'il est capable de parler lui-même, dit le duc en fixant l'intéressé. Est-ce vrai ? Et dites la vérité, mon gars, sinon, il vous en cuira, vous pouvez me croire.

— Ouais, Vot' Grâce... C'est la vérité vraie ! répondit Angus McLarron d'une façon quelque peu incohérente.

— Et avez-vous une idée de l'homme qui accompagnait lady Jean et qui l'a agressée de la sorte ? demanda le duc en haussant le ton de manière à couvrir les sanglots de la comtesse.

Il n'y eut pas de réponse. Torquil reprit la parole.

— Angus McLarron m'a révélé un nom, Votre Grâce, mais il a peur de le répéter.

— Peur ? De quoi aurait-il peur ? De toute façon, je suppose que, s'il ne veut pas parler de lui-même, vous êtes tout disposé à le faire à sa place, rétorqua le duc de ce ton sarcastique frisant le mépris, qu'il adoptait quand il s'adressait à Torquil. Celui-ci, nullement ébranlé, fixait son interlocuteur d'un air provocant.

— Je dirai le nom si Votre Grâce me l'ordonne.

— Dites-le !

— Angus est formel : l'homme qu'il a vu pousser lady Jean de la falaise est le marquis d'Inver.

*
* *

Plus tard, dans sa chambre, Sona s'interrogeait sur la conduite à prendre. Elle avait cru être en plein cauchemar quand Torquil avait accusé le marquis d'être un assassin. Bizarrement, pourtant, il lui semblait que tous les événements de ces jours derniers annonçaient ce dénouement, avec la précision d'une pièce de théâtre assez habilement articulée pour mettre en valeur l'intensité dramatique de chaque mot.

Un sursaut général avait accompagné la révélation de Torquil, suivi d'un silence douloureux que le duc rompit en s'adressant à Angus McLarron.

— Vous en êtes sûr ?

Apparemment trop effrayé pour répondre, l'homme avait simplement hoché la tête.

— Je regrette sincèrement d'être porteur de mauvaises nouvelles, Votre Grâce, avait repris Torquil, mais j'ai pensé que justice devait être faite et que vous deviez être informé de ce dont cet homme a été le témoin.

— Dont il dit qu'il a été le témoin, avait corrigé le duc, vous savez très bien que, vrai ou faux, il faudra le prouver.

— Votre Grâce peut être certaine que je suis parfaitement conscient de la gravité de l'accusation mais j'ai pensé que personne n'avait rien à gagner à essayer d'étouffer ce témoignage.

— Je n'ai aucune intention d'étouffer quoi que ce soit, rétorqua le duc d'un ton sans réplique, comme s'il ne s'adressait plus seulement à Torquil mais à tous ses hôtes.

— Et mon enfant ? s'écria la comtesse.

— Cet homme va nous montrer l'endroit où, d'après lui, le crime a été commis, reprit le duc. Des domestiques vont l'accompagner avec des cordes et des lanternes. Puis s'adressant au marquis : vous n'irez pas avec eux. Est-ce clair ?

— Oui, père.

— Je pense que le comte doit y aller aussi,

ajouta le duc, comme après réflexion. Allez le prévenir.

Le marquis quitta la pièce sans prononcer un seul mot et le duc reprit, à l'adresse de Torquil :

— Il va de soi qu'une telle information venant de vous me semble particulièrement sujette à caution. Je n'exclus pas qu'elle soit le fruit de votre imagination débordante et que vous soyez en train de me tromper à nouveau, comme vous l'avez déjà fait par le passé.

— Je n'ai jamais fait une chose pareille, Votre Grâce, même s'il vous plaît de penser le contraire.

— C'est votre point de vue. Vous pouvez participer aux recherches. Demain, je demanderai à la police d'ouvrir une enquête et vous devez vous tenir prêt à répondre à ses questions.

— Bien entendu, Votre Grâce.

— Je ne vous retiens pas.

Torquil, qui ne semblait guère ému par l'attitude du duc, tourna les talons et quitta le salon, la tête haute et la démarche indiscutablement pleine d'aisance. Au passage, il dévisagea Sona avec une insistance qui la mit mal à l'aise. Sans doute avait-il voulu lui exprimer ainsi son amour mais il y avait aussi dans son regard une lueur de triomphe — ou était-ce de la provocation ? — dont elle ne comprit pas la signification. Puis il était parti et Sona avait sombré dans le cauchemar. Le marquis était en danger et elle avait le pouvoir de le sauver, mais au prix de sa propre réputation. Il lui suffisait d'assurer qu'elle se trouvait avec lui, à l'heure où lady Jean était censée se promener sur les falaises, pour qu'il fût lavé de tout soupçon. Mais reconnaître qu'ils avaient passé près de deux heures ensemble revenait à déclarer publiquement qu'ils n'étaient pas indifférents l'un à l'autre et que le marquis, bien que fiancé et à deux jours de ses noces, faisait la cour à une autre, beaucoup plus jolie — et de loin — que la future épouse.

Quelles qu'en puissent être les conséquences, elle était résolue, cependant, à réfuter sur-le-champ les accusations ignobles formulées par Torquil par le truchement de cet Angus apeuré. Elle avait alors regardé le marquis qui venait de répondre à son père, pour lui demander la permission de parler. Il lui avait lancé un coup d'œil furtif et avait tourné la tête. Elle était déjà si profondément liée à lui qu'elle avait compris son regard : il lui demandait de garder le silence. Elle avait obéi.

Après le départ du groupe chargé des recherches, on se mit à chuchoter sur les événements et Sona, qui ne pouvait en supporter davantage, avait préféré se retirer. Mais, à présent, cela semblait presque pire d'être assise dans sa chambre, à se demander quel serait le résultat des recherches, si l'on retrouverait le corps meurtri de lady Jean et si on pourrait découvrir l'assassin. Il y avait encore une chance de la retrouver vivante, cependant. Des gens étaient bien tombés des falaises, déjà, et avaient survécu. Mais, à la marée montante, une personne étourdie par la chute courrait le risque d'être projetée par les vagues sur les rochers avant d'être entraînée au large par le courant.

« Qu'a-t-il bien pu se passer ? Qui a pu faire une chose pareille ? » Sona ne trouvait pas de réponse à cette question qui la lancinait dans le silence de sa chambre. En outre, l'attitude de Torquil la déconcertait. Dès leur première rencontre, il avait été évident qu'il haïssait le marquis. Mais, étant McLarron lui-même, comment pouvait-il jeter un tel discrédit sur son cousin et en tirer une satisfaction personnelle ? Son air provocant et son ton claironnant le nom du marquis n'avaient pas échappé à la jeune fille.

« Il veut que Napier soit pendu. »

Mais sa crainte de révéler la nature de leurs relations et les conséquences que cela entraînerait lui semblaient dérisoires, comparées à la sécurité du marquis et à sa position au sein du clan. S'il subsistait le moindre doute sur sa culpabilité, les gens de Londres tiendraient un scandale dont ils ne manqueraient pas de faire des gorges chaudes dès qu'ils auraient regagné la capitale.

« Que puis-je faire ? Que puis-je faire ? »

Une fois encore, elle ne trouva d'autre issue que la prière ; elle implora Dieu qu'il lui indiquât la voie à suivre et surtout qu'il préservât le marquis non seulement des accusations qui pesaient sur lui, mais aussi du scandale et des méchantes langues qui ne manqueraient pas de s'activer si leur amour venait à être révélé.

« Je dois le sauver ! Je vous en prie, mon Dieu, dites-moi ce que je dois faire ! » s'écria Sona dans l'obscurité.

Elle finit par perdre le fil de ses pensées qui s'embrouillaient à mesure que les heures s'écoulaient, à répéter inlassablement les mêmes mots.

« Comment cela a-t-il pu nous arriver ? »

Elle posait la question, comme l'avaient fait avant elle les hommes et les femmes confrontés à des situations désespérées, mettant en péril ce qu'ils avaient de plus cher.

« Peut-être sommes-nous punis de nous être aimés, conclut Sona, nous n'avions pas le droit puisque le marquis était engagé ailleurs. »

Mais elle savait que leur amour était trop fort, trop parfait pour qu'on pût l'anéantir. C'était quelque chose qui les dépassait et qui dépassait même les conventions auxquelles ils se heurtaient. Il était irrésistible, tout-puissant, éternel, et, quoi qu'il arrivât, même si le monde le condamnait, rien ne pourrait en ternir la splendeur au plus profond d'eux-mêmes.

« Je l'aime tant, mon Dieu ! » s'écria la jeune fille, le visage enfoui dans son oreiller.

C'est alors qu'elle entendit un bruit étrange à sa fenêtre.

CHAPITRE 6

En voyant les rideaux de sa fenêtre s'écarter et un homme pénétrer dans sa chambre, Sona se demanda si elle n'était pas le jouet de son imagination. Son cœur bondit dans sa poitrine mais, paralysée par la peur, elle ne put même pas crier.

Puis, avec un indicible soulagement, elle reconnut l'intrus : c'était le marquis, — elle le distinguait nettement à présent — qui tirait les rideaux et elle sursauta mais de joie, cette fois.

— Comment... avez-vous pu ? demanda-t-elle d'une voix hachée, consciente qu'il venait de risquer sa vie en escaladant la muraille du château.

— Il fallait que je vous voie, répondit-il calmement.

Il se dirigea vers le lit et alluma la bougie. Sona lui apparut alors avec ses cheveux épars sur ses épaules, ses yeux agrandis par la surprise et remplis de l'amour qu'elle ne pouvait dissimuler. Leurs regards se croisèrent.

— Je priais pour vous, déclara-t-elle spontanément.

— J'en étais sûr.

Le marquis s'assit au bord du lit puis il lui tendit les mains. Elle lui abandonna les siennes et il perçut alors le frisson qui la parcourut.

— Je vous aime, dit Napier, je vous aime si passionnément que j'ai du mal à penser à autre chose. Mais il faut que je vous parle, ma chérie, et je n'ai pas trouvé d'autre moyen pour vous voir.

— C'est... très... dangereux... il ne faudra plus jamais... Je ne supporterais pas... qu'il vous arrive quelque chose.

Il serra les lèvres et ne répondit pas. Sona comprit alors qu'il pensait à l'autre danger dont il était menacé : l'accusation de meurtre qui pesait sur lui. Leur harmonie était telle, en effet, qu'elle pouvait lire dans ses pensées sans qu'il eût besoin de s'exprimer à voix haute.

— Il faut que je dise à la police... où vous étiez, dit Sona.

— Seulement en dernier recours. Pas avant que je sois au pied de la potence. Sona laissa échapper un petit cri mais il poursuivit : je suis sûr que l'affaire n'ira pas jusque-là. Nous savons tous deux que cette accusation n'est qu'un mensonge.

— Je veux que le monde entier le sache, répliqua Sona avec véhémence.

Il accentua la pression de ses doigts.

— L'essentiel est que vous le sachiez. Il faut être patiente, mon amour, et ne rien dire qui puisse se retourner contre vous. Cela, je ne le supporterai pas.

— Mais les gens... ne peuvent pas vous croire

capable... d'une chose... pareille... C'est faux... archifaux et les membres du clan vous font confiance.

— Je me le demande, répliqua le marquis comme pour lui-même. J'ai été longtemps absent et j'ai l'impression, soit qu'ils m'ont oublié, soit qu'ils pensent que leurs problèmes ne m'intéressent plus.

Sona ne répondit pas, elle se rappelait tout ce que Torquil lui avait dit.

— Je n'aurais jamais pensé qu'il existât quelqu'un d'aussi beau que vous, reprit Napier en la regardant dans les yeux, mais ce n'est pas pour vous faire la cour que je suis venu jusqu'ici, mon amour, et vous devez m'aider à me conduire correctement, en vrai gentilhomme. (Elle lui adressa un petit sourire.) Personne, à aucun prix, ne doit connaître nos sentiments ni savoir que nous étions ensemble à l'heure où je suis censé avoir commis le meurtre. Qui plus est, on pourrait très facilement vous soupçonner d'essayer tout simplement de me disculper.

— Vous voulez... dire... qu'on penserait... que je mens... pour vous aider ?

Il approuva d'un hochement de tête. Elle dut reconnaître, en effet, qu'il était vraisemblable que la police la crût capable de parjurer par amour.

Soudain, elle poussa un petit cri.

— Mais nous avons un témoin !

— Un témoin ? répéta le marquis.

— Maggie, ma femme de chambre. Elle était inquiète de me voir rentrer si tard et c'est seulement grâce à elle que j'ai pu être prête à temps pour le dîner.

— Cela pourrait certainement jouer en ma faveur. Mais je ne veux pas que vous soyez impliquée dans une affaire aussi sordide.

— Que pensez-vous qu'il soit arrivé à lady Jean ?

— Je n'en ai pas la moindre idée.

— Vraiment vous ne pensez pas que l'un des McLarron... ?

— En Ecosse, les haines sont tenaces, l'interrompit le marquis. Mais les membres du clan craignent bien trop mon père pour tuer une McBora sur nos terres, surtout celle que je m'apprêtais à épouser ! Il observa une pause puis il ajouta : pour l'instant, nous en sommes réduits aux conjectures et il ne nous reste plus qu'à espérer que l'on retrouvera son corps.

— Cela... ne nous... dira pas... qui l'a poussée... de la falaise, répondit Sona, désemparée.

— Je sais.

— Pourriez-vous réellement... être condamné... sur un témoignage... si fragile ? demanda-t-elle d'une voix effrayée.

— Si ceux qui ont inventé ce mensonge estiment que c'est nécessaire, ils produiront d'autres témoins.

Sona eut une exclamation horrifiée.

— Je n'ai pas le droit de vous faire peur. N'en

parlons plus, voulez-vous, dit-il pour la rassurer. Sans lui laisser le temps de répondre, il ajouta : c'est un ordre, ma chérie. Oubliez tout ceci. Ne pensez qu'à notre amour car il vous embellit encore, si c'est possible.

— Comment pourrais-je jamais supporter de vous savoir soupçonné... diffamé... insulté ?

— Je suis certain que toute cette affaire sera bientôt éclaircie, assura le marquis avec optimisme. Mais, quoi qu'il arrive, vous devez garder le silence. Il n'était pas certain d'avoir convaincu Sona, malgré son ton autoritaire, aussi ajouta-t-il après un instant de silence : je vous en supplie, adorable Sona, laissez-moi faire et ne compromettez pas notre avenir.

La jeune fille comprit qu'il pensait à la mort de lady Jean : ils pouvaient désormais espérer vivre ensemble, et il serait regrettable que leur bonheur pût être gâché par des calomnies ou des soupçons. Sona le regarda droit dans les yeux et ne répondit pas immédiatement.

— Vous savez... que je ferai... ce que vous voudrez... mais cela va être dur... très dur, finit-elle par déclarer, vaincue.

— Merci, ma chérie, dit simplement le marquis.

Il lui baisa les mains et Sona, à ce contact, eut envie qu'il l'embrassât. Elle se rapprocha légèrement de lui et leva les yeux. Il la contempla un long moment.

— Il n'y a rien que je désire plus au monde que

vous embrasser, vous avoir contre moi. Mais nous sommes dans votre chambre, ma douce, et je n'ose pas vous toucher, je n'en ai pas le droit.

— Peut-il y avoir quelque chose de... mal... dans notre amour ? demanda Sona à voix basse.

— Imaginez un peu ce que diraient les autres, s'ils étaient au courant de ma présence ici. Je respecte trop votre pureté et votre innocence pour risquer de les souiller.

Il lui baisa à nouveau les mains puis se leva. Sona le trouva si beau, si attirant à cet instant qu'elle dut refréner, au prix d'un grand effort, son envie de se blottir contre lui en le suppliant de l'embrasser. Elle le désirait avec une telle intensité qu'elle sentait encore le feu qu'il avait allumé en elle, en l'embrassant dans la tour, l'embraser tout entière. Elle se rendit compte, à le regarder, que le même feu couvait aussi en lui. Ils demeurèrent ainsi, les yeux dans les yeux, oppressés par le même désir.

— Je fais le serment de vous servir, de vous aimer, de vous vénérer jusqu'à la fin de mes jours, déclara-t-il enfin.

Bien qu'il eût parlé d'une voix très douce, Sona eut l'impression que ce serment résonnait par toute la terre.

— Et je vous aimerai toujours, de tout mon cœur, de toute mon âme, murmura-t-elle.

Le marquis retenait son souffle. Puis il se pencha, souffla la bougie et se dirigea vers la fenêtre.

— Soyez prudent ! Pour l'amour de Dieu, soyez prudent, mon chéri ! s'écria Sona.

Il se retourna, lui sourit tandis que sa silhouette se découpait déjà dans la clarté de la lune. Puis, sans un mot, il enjamba le rebord de la fenêtre. Dans un geste éternel de prière, Sona joignit les mains.

Elle priait et écoutait.

Aucun bruit ne parvenant jusqu'à elle, elle continua de prier jusqu'à ce qu'elle sentît avec certitude, au plus profond de son cœur, qu'il était descendu sans encombre. Elle aurait voulu sauter de son lit pour s'assurer que le corps du marquis ne gisait pas, désarticulé, sur la terrasse mais elle se retint : c'eût été manquer de confiance en lui. Il l'avait rejointe après une escalade périlleuse et il n'y avait aucune raison pour qu'il en allât autrement à la descente.

C'est par amour et pour la protéger qu'il avait pris ces risques et cela montrait qu'il se préoccupait davantage d'elle que de lui-même.

« Il est si merveilleux ! » dit-elle à voix haute et elle s'allongea, sentant encore sur ses mains les lèvres du marquis.

*
* *

Sona avait dû s'assoupir un moment. Quand elle s'éveilla, l'aube commençait à poindre. Une idée lui traversa alors l'esprit. Une idée si simple qu'elle s'étonna de n'y avoir pas songé plus tôt. Mais comment allait-elle la réaliser ?

C'est Torquil qui avait amené Angus McLarron au château pour qu'il accuse le marquis du meurtre de lady Jean. Et ce même Torquil l'avait demandée en mariage. Sona s'assit dans son lit. Puis, comme animée par l'idée qui croissait en elle, véritable rayon de lumière dans l'obscurité, elle se leva et commença à s'habiller. Elle trouverait Torquil, où qu'il soit, elle lui dirait qu'Angus McLarron avait menti. Peut-être alors pourrait-il découvrir le vrai meurtrier, l'homme qui avait précipité lady Jean du haut de la falaise. Elle réfléchissait tout en s'habillant. Si Angus avait vu deux personnes se battre et pensait que l'adversaire de lady Jean était le marquis, Torquil, lui, emporté par son aversion pour ce dernier, avait été trop heureux de souscrire à cette version des faits. Il n'avait jamais caché qu'il n'aimait pas le marquis, qu'il le haïssait même ; Sona était sûre, cependant, que Torquil n'était pas un assassin. Sans doute était-il satisfait de pouvoir faire porter la responsabilité du crime au fils du chef, qu'il enviait et dont la longue absence avait suscité le ressentiment de nombreux membres du clan. Il ignorait les raisons de cette absence mais Sona, à présent, les connaissait et elle était certaine de pouvoir le convaincre qu'il avait accusé un innocent.

En finissant de s'habiller, Sona s'interrogeait toujours ; irait-elle dans la lande où elle espérait

143

que Torquil la rejoindrait, comme les autres fois ? Ou bien dans les bois où ils s'étaient déjà rencontrés ? Tout à coup, son cœur bondit dans sa poitrine : elle savait où le trouver. Le lendemain de son arrivée, elle l'avait vu sur sa barque et il avait expliqué qu'il venait de relever ses casiers à langoustes, comme chaque matin, sans doute.

« C'est là que je le trouverai », se dit-elle avec un sentiment de triomphe.

Elle avait passé la première robe qui lui était tombée sous la main, qui s'avéra être en fine mousseline blanche, ce dont elle s'aperçut en nouant sa ceinture. Craignant la fraîcheur matinale, elle saisit un châle en soie et quitta la chambre.

Le jour se levait. Il devait être près de cinq heures. Les domestiques devaient commencer leur service ; peu soucieuse d'attirer l'attention, elle se coula par l'escalier dérobé qu'elle avait déjà emprunté, puis, au lieu de se diriger vers le bureau du gérant, elle prit la direction opposée. Elle trouva bientôt la porte de la terrasse qui surplombait le jardin. Elle poussa sans difficulté les deux verrous et dévala l'escalier de pierre.

A cette heure matinale, la fontaine était encore muette. Les abeilles butinaient dans les massifs de fleurs et quelques papillons dansaient dans les premiers rayons du soleil. Sona se hâtait le long de l'allée de gravier et atteignit bientôt la barrière de la plage. Elle se retourna alors et vit que seuls les rideaux de sa chambre étaient ouverts sur cette façade du château. Il était peu probable qu'on l'eût vu sortir et, même si cela était, on ne lui poserait pas de questions embarrassantes. On penserait qu'elle aussi avait voulu participer aux recherches du corps de lady Jean et on concluerait alors à une curiosité morbide. Elle n'avait pourtant aucune intention de dépasser la plage qui bordait la baie, en contrebas du château. Du rivage, elle scruta la mer mais la brume matinale, que le soleil n'avait pas encore dissipée, voilait l'horizon. Si Torquil rentrait avec son bateau, elle ne l'apercevrait qu'au tout dernier moment, quand il serait sur le point d'accoster. Sona se dirigea néanmoins vers la jetée et s'assit au bord du ponton de bois. Elle attendit, le regard rivé sur l'eau, en priant le ciel de ne pas s'être trompée. Un quart d'heure environ s'écoula et elle commençait à désespérer. Il ne viendrait pas, elle devrait chercher ailleurs. Puis la brume s'éclaircit et Sona devina la ligne mince d'un bateau qui approchait. L'image était si floue qu'elle douta un instant. Puis les battements de son cœur s'accélérèrent : c'était bien une embarcation et elle reconnut Torquil qui ramait. Il tournait le dos à la plage et ne remarqua pas la présence de Sona. Il accosta et, tandis qu'il rangeait ses avirons, celle-ci sauta sur ses pieds et courut vers l'endroit où il s'apprêtait à amarrer son bateau.

— Bonjour, Torquil, dit-elle.

Il sursauta et la regarda avec stupéfaction.

— Pardonnez-moi si je vous ai fait peur, ajouta-t-elle. Je vous attendais.

— Je suis allé relever mes casiers, expliqua-t-il machinalement.

— C'est ce que je me suis dit.

Elle vit deux énormes homards à l'avant du bateau qui agitaient à l'aveuglette leurs pinces gigantesques, comme s'ils cherchaient à s'échapper. Torquil grimpa sur la jetée.

— Vous vouliez me voir ?

— Il faut que je vous parle.

Elle se sentit soudain un peu confuse à la pensée qu'il pouvait se méprendre. Elle évitait de le regarder, bien qu'il fût toujours aussi beau et élégant dans son kilt.

— Je suis très honoré, dit-il enfin. Où voulez-vous que nous allions ?

Craignant qu'on ne les vît ensemble, Sona jeta un coup d'œil vers le château à demi caché par les grands arbres qui bordaient le mur du jardin.

— Nous pouvons aller nous asseoir près du mur : les curieux ne pourront pas nous voir, suggéra Torquil comme s'il avait deviné les hésitations de Sona.

Son ton sarcastique inquiéta Sona. Peut-être était-il fâché de l'accueil qu'on lui avait réservé au château.

— Ce que j'ai à... vous dire... est... de la plus haute importance, dit rapidement Sona.

— Vous savez parfaitement que je suis toujours prêt à vous écouter.

Il avait changé de ton et elle crut lire dans ses yeux le vif désir qu'elle lui inspirait. Ils franchirent les quelques mètres qui séparaient la jetée du mur. Construit en pierres grises, comme le château, inégales et grossièrement taillées, il était facile à escalader. Sona fit effort pour se concentrer sur la meilleure façon de présenter la chose à Torquil. Ils trouvèrent un coin d'herbe tendre et s'assirent.

— Maintenant, dites-moi ce qui vous préoccupe.

Sona retint son souffle.

— Ce que vous avez dit... au sujet du marquis... n'est pas vrai.

— Vous parlez du meurtre de lady Jean ? demanda Torquil après un instant de silence.

La jeune fille acquiesça d'un hochement de tête.

— Je ne sais pas ce qui s'est passé, mais le marquis n'était pas avec elle !

— Comment pouvez-vous être aussi affirmative ?

— Parce que le marquis était avec moi !

Il y eut un silence. Brusquement et pour la première fois, Sona se demanda si elle n'avait pas eu tort de révéler à Torquil ce que le marquis lui avait interdit d'avouer. Mais n'était-ce pas Torquil qui avait amené le seul témoin à charge ? Si elle parvenait à le convaincre, sa déposition à la police serait peut-être tout à fait différente.

— Ainsi il était avec vous ! dit enfin Torquil lentement.

— Oui, nous étions... en train de bavarder.

— Vous voulez dire qu'il vous faisait la cour ! coupa-t-il brutalement après un bref silence.

Sona se raidit.

— Vous n'avez pas le droit d'extrapoler, rétorqua-t-elle. Je peux vous jurer que nous étions ensemble au château. Il est donc impossible qu'il ait été sur les falaises avec lady Jean.

Elle avait détourné les yeux mais elle sentait le regard de Torquil fixé sur elle.

— Quelqu'un d'autre est-il au courant ?

— Personne. Tout le monde se reposait. Mais ma femme de chambre m'attendait et elle peut témoigner, si c'est nécessaire, que je suis revenue très tard pour me changer avant le dîner.

— Et vous pensez que cette information est de nature à tirer d'affaire le noble marquis, déclara Torquil avec dépit.

— Je sais que vous ne l'aimez pas, répliqua Sona rapidement, mais je suis sûre que vous êtes un homme d'honneur et que vous ne voudriez pas faire condamner un innocent. Et le marquis est aussi un McLarron. Torquil ne réagit pas et elle poursuivit : vous m'avez dit que vous aimiez les McLarron et vous devez vous rendre compte qu'un tel scandale, justifié ou non, rejaillira sur nous tous. Je vous en conjure Torquil, parlez à cet homme, dites-lui qu'il s'est trompé.

148

— Vous m'implorez à présent ! Vous avez bien changé depuis notre dernière rencontre.

— Je n'avais pas l'intention de vous blesser, répondit tranquillement Sona. J'ai été honorée et très touchée que vous me demandiez en mariage. Mais j'ai été si surprise que j'ai peut-être manqué de tact dans mon refus.

— En tout cas, en ce moment, vous faites preuve d'une humilité bien inattendue.

Sona n'avait aucune envie de se montrer humble mais, quels que soient ses sentiments à l'égard de Torquil, une seule chose importait : le convaincre de l'innocence du marquis pour qu'il récuse son témoin.

— Si... je parle ainsi... c'est que je vous demande de m'aider... dans une affaire de la plus haute importance... pour vous, pour moi et pour tous les McLarron.

— Et bien entendu, pour le marquis !

— Naturellement ! Il est le fils du duc. Vous n'êtes pas le dernier à comprendre son importance : il est le futur chef du clan !

— Le futur chef du clan ! répéta lentement le jeune homme.

— Je vous en conjure, Torquil, dit Sona en lui posant la main sur le bras, expliquez son erreur à l'homme qui vous accompagnait hier soir et aidez-nous à démasquer le vrai coupable.

— Dois-je comprendre que vous m'épouserez si j'accepte ?

— Je ne peux pas croire... que vous vouliez...

me soumettre à ce chantage, répondit calmement Sona.

Elle s'était efforcée de parler avec légèreté et, à son grand soulagement, Torquil sourit.

— Non, Sona, cela n'entre pas dans mes intentions. J'ai une meilleure idée.

— Laquelle ?

— Cela m'est venu tout à l'heure, pendant que je ramais : je crois savoir où se trouve le corps de lady Jean.

— Vraiment ? Vous croyez ? s'exclama Sona avec passion.

— J'en suis presque certain. Voulez-vous qu'on aille jeter un cou d'œil ?

— Vous voulez dire que c'est près d'ici ?

— Assez près. Vous avez certainement entendu parler de ce tunnel qui permettait à nos ancêtres d'échapper aux Vikings ?

— J'en ai entendu parler, déclara Sona que l'excitation gagnait. Mais d'après mon père, il s'est écroulé depuis longtemps.

— Il est encore intact par endroits. Je pense que c'est là qu'on a dû cacher le corps de lady Jean.

— Alors, il faudrait que quelqu'un nous accompagne. Si elle explorait l'endroit et qu'elle s'est trouvée bloquée, il se peut qu'elle vive encore.

— C'est possible, reconnut Torquil, mais vous devez me comprendre : je ne veux pas passer pour un imbécile ni décevoir tout le monde, si on ne trouve rien.

L'argument était juste. S'ils allaient chercher de l'aide, Sona devrait, en outre, expliquer les raisons de sa présence.

— Je crois que vous avez raison, dit-elle finalement. Nous devons vérifier si lady Jean est réellement là-bas avant de demander du secours.

— Cela me semble raisonnable. Allons-y vite, avant que les gens qui la recherchent n'arrivent par ici.

Sona se leva et ils longèrent le rivage en direction du nord. Après le mur du château, ils trouvèrent la forêt, qui avançait jusqu'au bord des falaises et les grands arbres qui surplombaient la mer. Ils durent escalader quelques rochers puis ils arrivèrent jusqu'à la lande couverte d'épaisses bruyères où se trouvaient le cairn et la cascade. Torquil marchait en silence d'un pas vif. Sona avait du mal à le suivre mais son excitation la galvanisait. S'ils trouvaient le corps de lady Jean dans le tunnel, il deviendrait évident qu'Angus McLarron avait menti en prétendant avoir vu quelqu'un la précipiter du haut de la falaise. Ce serait un premier pas vers la disculpation du marquis.

Ils durent ralentir l'allure à cause des inégalités du terrain et des bruyères qui entravaient leur progression. Sona venait d'apercevoir, légèrement sur sa droite, le fort circulaire dont lui avait parlé son père quand Torquil s'arrêta.

— Le tunnel débouche ici, expliqua-t-il. Vous

151

comprenez maintenant comme c'était commode pour les habitants du fort ou des environs.

Il fit quelques pas en direction d'un massif d'ajoncs en fleur. A première vue, le sol inégal ne présentait rien d'anormal mais, guidée par Torquil, Sona remarqua que les buissons dissimulaient une sorte de grotte qui ressemblait à l'entrée d'une cave. Un madrier en bois de bouleau étayait un passage fort étroit, à la grande déception de Sona, qui crut qu'il ne pouvait s'agir du tunnel. Sans doute les parois s'étaient-elles effondrées au fil des années. Devant l'étroitesse du passage, Sona douta que lady Jean pût s'y trouver.

— C'est à peu près sûr à l'intérieur et il y a une sortie à une cinquantaine de mètres, affirma Torquil en désignant un point situé un peu plus haut dans la lande. Autrefois, le tunnel était beaucoup plus long, bien entendu, mais vous voyez qu'il est encore praticable et que l'air y est sain.

— Vous pensez... vraiment... que lady Jean ?... demanda Sona à voix basse.

— Plus j'y pense, plus je suis sûr que c'est là qu'elle se trouve.

— Mais comment pourrons-nous la voir dans l'obscurité ?

— Il y a longtemps que je connais le tunnel et j'y ai laissé une lanterne.

Il écarta les ajoncs et en retira une lampe. Il allait l'allumer mais il suspendit son geste.

— J'ai l'impression qu'on vient ! Entrez dans le tunnel ! Je ne veux pas qu'on vous voie.

Sona obéit, à cause du ton pressant de Torquil et parce qu'elle redoutait d'avoir à expliquer les raisons de sa présence en ce lieu, enfreignant l'interdiction du duc. Elle se glissa à grand-peine sous le madrier qui soutenait l'entrée et s'engagea à l'intérieur du tunnel. Elle remarqua que le sol était net, comme s'il avait été balayé. La galerie s'avérait plus large et plus haute qu'il n'y paraissait de l'extérieur. Elle se redressa et regarda autour d'elle.

— Avancez encore un peu. Il ne faut pas qu'on puisse vous interroger, chuchota Torquil.

Sona s'empressa de faire quelques pas, encore éclairée par la lumière de l'entrée. Une fois de plus, elle imagina son embarras, si sa présence venait à être découverte. L'homme qui approchait faisait sûrement partie d'une des équipes chargées des recherches et s'il rapportait au duc qu'il l'avait vue, comment pourrait-elle expliquer sa rencontre avec Torquil ?

Elle s'enfonça davantage dans le tunnel, guettant des bruits de voix à l'extérieur. Soudain, il y eut un fracas épouvantable dont l'écho se répercuta dans tout le souterrain. Effrayée, Sona se retourna et constata avec horreur que l'entrée avait disparu. Terrorisée par l'obscurité qui régnait à présent, elle ne put proférer le moindre son.

— Ça va Sona ? appela la voix de Torquil.

— Oui. oui. Mais que s'est-il passé ?

— L'entrée s'est effondrée. Mais ne vous inquiétez pas ; vous pouvez sortir de l'autre côté. Avancez droit devant vous : je vous attendrai là-bas.

— Est-ce loin ? demanda Sona.

Sa voix tremblante trahissait sa terreur et elle en eut honte.

— Non, pas très ! cria Torquil. Tout ira bien. Avancez, dans quelques secondes, vous verrez la lumière.

Sona refit lentement demi-tour. Se trouver ainsi, seule dans le noir, lui donnait l'impression d'être ensevelie dans un tombeau. Le silence était si total qu'elle éprouva le besoin d'entendre la voix rassurante de Torquil

— Torquil ! appela-t-elle.

Il n'y eut pas de réponse. Seul lui revint l'écho de sa propre voix.

— Torquil ! appela-t-elle à nouveau.

Il s'était sans doute déjà éloigné pour l'attendre à la sortie du tunnel. Dans ce cas, il pourrait venir à sa rencontre et la guider avec sa lanterne ; cela lui éviterait de tâtonner dans l'obscurité.

« J'espère qu'il y pensera, se dit-elle comme pour se rassurer, mais je dois quand même continuer à avancer. »

Elle fit un pas mais, soudain, le piège près de la cascade lui revint en mémoire avec une étrange netteté. Le souvenir de la peur qu'elle avait éprouvée la paralysa et elle se sentit incapable du moindre mouvement tant qu'il ferait aussi sombre.

Elle soupira, désespérée.

« Je suis sans doute stupide, mais Torquil viendra me chercher. Après tout, il a une lanterne. »

Elle étendit les bras et constata qu'elle pouvait toucher les deux parois du souterrain. Puis elle leva les mains et sentit sous ses doigts les aspérités de la pierre, au-dessus d'elle, tandis qu'un peu de sable et de gravier saupoudraient sa tête nue.

— Torquil ! cria-t-elle. Torquil !

Il devait avoir atteint l'extrémité du tunnel, à présent, et il pouvait l'entendre. Mais Sona eut beau tendre l'oreille, elle ne perçut aucune réponse. Elle sentit la colère la gagner à la pensée qu'il s'inquiétait si peu de son sort. Machinalement, elle avança encore d'un pas, mais la vision du piège la figea de nouveau.

— Torquil !

N'obtenant toujours pas de réponse, elle s'assit sur le sol, bien décidée à ne pas céder.

« Je ne bougerai pas jusqu'à ce qu'il vienne me chercher. Il doit se rendre compte qu'être seule, ici, dans le noir, cela n'a rien de rassurant. »

Tout à coup, elle se rappela pourquoi elle se trouvait ici. Ils étaient venus chercher le corps de lady Jean. C'était absurde de l'avoir oublié. Et si on l'avait caché dans le tunnel, elle pouvait trébucher sur le cadavre et tomber sur lui. Elle était seule, avec un cadavre ! Un frisson d'horreur la parcourut et, prise de panique, elle se mit à hurler.

— Torquil ! Torquil !

Un vague écho lui répondit. Elle se mit à trembler.

« Mais que peut-il bien faire ? »

De la main, elle tâta le sol puis avança un pied. Elle répéta le mouvement, effleurant la terre du bout des doigts avant d'y appuyer la paume. Elle progressa ainsi de quelques mètres. Soudain, elle ne trouva que le vide.

Sona retint son souffle. Elle recula légèrement puis explora fébrilement le sol devant elle, terrifiée à l'idée que son bras pouvait être happé par les mâchoires d'un piège à loups. Mais, involontairement, elle fit tomber une pierre dans le vide. Une seconde après, elle entendit un léger « plouf ! ». Il y avait donc de l'eau. Un léger courant d'air vint lui confirmer qu'elle se trouvait au bord du trou. Sona chercha alors à tâtons une autre pierre et la lança. Elle attendit, l'oreille tendue, et perçut nettement un très faible clapotement. La vérité lui apparut alors : si, obéissant aux instructions de Torquil, elle s'était aventurée le long du tunnel, elle serait tombée dans le trou et s'y serait probablement noyée, comme celui à qui était destiné le piège de la cascade. Sona ne respirait plus. Tout devenait clair, à présent : l'assassin ne pouvait être que Torquil. Il avait tué lady Jean et manœuvré de façon à faire pendre le marquis pour un crime qu'il n'avait pas commis.

*
* *

La jeune fille resta assise près d'une heure puis elle rebroussa lentement chemin, espérant trouver une issue à sa situation. Elle atteignit le monticule de terre qui obstruait l'entrée du tunnel ; elle comprit que, si Torquil avait enlevé le madrier pour provoquer l'éboulement, elle ne réussirait jamais à dégager le passage. Il y avait un tel amoncellement de terre et de cailloux que pas la moindre clarté ne filtrait dans le souterrain et Sona n'osait toucher à rien de crainte d'être complètement ensevelie. Le piège avait été très habilement conçu et la jeune fille se semanda comment Torquil avait pu le mettre en place si peu de temps après la mort de lady Jean. A la réflexion, elle se dit qu'il avait dû user d'un stratagème différent. Il avait pu, tout simplement, lui proposer de lui montrer le souterrain et la pousser dans le trou avant qu'elle eût réalisé ce qu'il lui arrivait. Il lui semblait cependant difficile de croire que lady Jean ait suivi Torquil sans se méfier. Sona dut alors reconnaître, avec un sourire amer, qu'elle-même lui avait fait totalement confiance. Peut-être avait-il rencontré lady Jean sur son chemin et lui avait-il proposé de lui montrer le tunnel des Vikings ? Il était si beau, il pouvait se montrer si charmant, quand il le voulait, qu'il devait être difficile à une femme, surtout aussi peu séduisante que lady Jean, de lui résister.

« Comment ai-je pu être assez stupide pour croire qu'il accepterait de m'aider ? » se demanda Sona.

Il avait sans doute décidé de la tuer quand elle lui avait révélé qu'elle pouvait fournir un alibi au marquis. En se remémorant la conversation, elle sut à quel moment précis il avait compris qu'elle risquait de faire échouer ses projets ; il devait donc l'éliminer, comme il avait éliminé la fiancée du marquis.

« Mais pourquoi ? Qu'espère-t-il donc ? »

Elle regretta de ne pas avoir reparlé de Torquil à son père qui lui avait promis de se renseigner à son sujet.

« Je n'ai que ce que je mérite. »

Si elle mourait, elle ne reverrait jamais le marquis et, ce qui était plus grave encore, elle ne pourrait pas le laver des accusations qui pesaient sur lui.

« Il faut que je le sauve ! Il le faut ! » dit-elle à voix haute. Elle était assise à l'entrée du tunnel. Peut-être avait-elle quelque chance d'être entendue, si elle se mettait à hurler. Les équipes chargées des recherches avaient sans aucun doute fouillé soigneusement cette zone, la nuit précédente. Elles pouvaient revenir, cependant. Le mieux était donc de rester aux aguets et d'appeler à l'aide, de toute la force de ses poumons, au moindre bruit.

Attendre sans bouger, l'oreille tendue, lui procurait une impression étrange. Dehors, le soleil brillait, les abeilles bourdonnaient. On devait entendre le bruit des vagues et le cri des mouettes mais, ici, à l'intérieur du tunnel, régnait un silence si absolu que Sona pouvait percevoir les battements de son cœur. L'attente se prolongeait et elle se mit à prier, implorant l'aide de Dieu puis celle du marquis. Elle l'aimait avec une telle intensité qu'il devait la sentir en danger et il allait venir la sauver, comme elle l'avait sauvé du piège à loups, près de la cascade.

« Sauvez-moi ! Sauvez-moi ! » murmura-t-elle et il lui sembla que l'obscurité se faisait plus menaçante, plus surnaturelle encore.

« Sauvez-moi ! Si Dieu pouvait... diriger vos pas... jusqu'ici... ! »

Si encore ils avaient parlé ensemble du tunnel, peut-être aurait-il eu l'idée de venir y jeter un coup d'œil ; mais seul son père y avait fait allusion et il était peu probable qu'il s'en souvînt. Le petit déjeuner devait être terminé au château, mais personne n'avait dû s'étonner de son absence et on ne commencerait à s'inquiéter que beaucoup plus tard. Peut-être au moment du déjeuner.

Sona se rappela alors que, ce matin-là, son père devait la présenter aux membres du clan qui campaient dans le parc. Mais il lui parut peu vraisemblable que certains soient installés de ce côté-ci de la forêt, qui se dressait comme une barrière entre eux et le château qu'habitait leur chef ; aussi devaient-ils se trouver de l'autre côté, sur la lande.

Elle était toujours assise et écoutait, mais aucun son ne parvenait jusqu'à elle. Peu à peu, la peur la submergeait : si elle allait mourir ici ? Ce tunnel allait être sa tombe, comme il était déjà celle de lady Jean.

« Aidez-moi, mon Dieu... Je vous en supplie... je vous en supplie... »

*
* *

Près de cinq heures s'étaient écoulées quand un bruit fit sursauter Sona. Hypnotisée par l'obscurité et les prières qu'elle répétait inlassablement, elle était tombée dans un étrange engourdissement, comme si elle s'était détachée de la réalité et avait perdu toute conscience de son existence.

Le bruit se répéta. Quoique à peine audible, il n'y avait aucun doute : c'était un bruit de voix. Sona voulut appeler mais son cri s'étrangla dans sa gorge.

— Au secours ! au secours !

Seul le silence lui répondit. Elle crut alors s'être trompée. Puis elle comprit que si l'on avait entendu son appel on attendait qu'elle criât à nouveau.

— Au secours ! au secours ! hurla-t-elle de toutes ses forces, je suis ici... je vous en supplie... aidez-moi !

Alors elle entendit une voix qui lui sembla venir tout droit du paradis.

— Il y a quelqu'un, là-dedans ?

— Au secours ! au secours !

— Sona ? C'est vous, Sona ?

Elle reconnut cette voix qui la ressuscitait. Elle poussa un cri de bonheur et des larmes inondèrent ses joues.

— Je suis ici !... Je suis ici !... Oh ! Napier... sauvez-moi !

CHAPITRE 7

Le visage baigné de larmes, Sona avait écouté les hommes qui s'activaient dehors à déblayer l'entrée du tunnel. Quand, enfin, le marquis avait pu pénétrer à l'intérieur, elle l'avait pris pour saint Michel descendu des cieux pour la sauver, et elle s'était précipitée vers lui, réalisant alors combien elle avait eu peur et froid.

— Tout va bien, avait-il dit calmement. Vous êtes sauvée à présent et je vous jure qu'il ne vous arrivera jamais plus rien de semblable.

Elle comprenait à peine ce qu'il lui disait ; elle avait seulement conscience qu'il était là, tout près d'elle, et que le cauchemar était terminé. Mais l'émotion avait été trop forte et elle était presque inconsciente quand ils atteignirent le château. Le marquis la transporta jusqu'à sa chambre. On lui donna des boissons chaudes, on mit des bouillottes sur ses pieds et une dizaine de personnes demeurèrent à son chevet après que Napier l'eût quittée.

Ce n'est que beaucoup plus tard qu'elle comprit l'incroyable chance qu'elle avait eue d'être sauvée, cette chance qu'elle portait dans son nom. En effet, un chasseur avait reçu l'ordre de partir dès l'aube à la recherche de lady Jean. Il s'était enfoncé dans la lande et, allongé parmi les bruyères, s'était mis à observer alentour avec ses jumelles. Sur la mer, la brume ne s'était pas encore levée quand, soudain, il avait aperçu deux personnes qui marchaient en haut des falaises. Il crut d'abord à une équipe venant du château et il n'y aurait pas prêté autrement attention s'il n'y avait eu cette femme, vêtue de blanc. Les villageoises ne s'habillaient pas ainsi et il en avait conclu qu'il s'agissait d'une invitée du château. Bien que la visibilité fût loin d'être parfaite, il avait observé vaguement intrigué, les deux promeneurs et il était presque certain d'avoir reconnu Torquil. Il connaissait bien le jeune homme dont les aventures avec les filles du pays étaient l'objet de nombreuses plaisanteries parmi les membres du clan. Il avait trouvé étrange de le surprendre en compagnie d'une dame du château. Puis, soudain, alors que la brume se dissipait, la dame avait disparu.

Croyant s'être trompé, le chasseur avait corrigé la mise au point de ses jumelles. Quelques instants plus tard il avait vu Torquil qui retournait vers la jetée d'un pas rapide et qui se dirigeait vers le village, un homard dans chaque main. N'ayant pas l'esprit très éveillé, le chasseur avait mis plusieurs minutes avant de s'étonner que la femme en blanc se fût ainsi volatilisée.

Puis les recherches reprirent. Les équipes du château ratissaient la plage et les falaises, mais il n'y avait aucune femme parmi les sauveteurs. Le chasseur avait suivi un moment le déroulement des opérations avant d'arriver à la conclusion qu'il devrait parler à quelqu'un de la présence de cette femme aux côtés de Torquil. Mais il craignait qu'on se moquât de lui. A moins, bien entendu, que Torquil n'ait été assez astucieux pour avoir retrouvé lady Jean, là où tout le monde avait échoué, la nuit précédente. Mais, dans ce cas, pourquoi ne pas l'avoir ramenée au château ?

Sans se presser, le chasseur était allé jusqu'au château pour en parler à quelqu'un de l'entourage du duc. En chemin, il avait rencontré plusieurs membres du clan et d'autres chasseurs mais il avait jugé préférable de taire ce qui l'intriguait tant. Au bureau du régisseur, alors qu'il n'avait toujours pas décidé s'il parlerait ou non, il avait trouvé le marquis. Le chasseur était déjà d'un certain âge ; il avait connu le marquis petit garçon, ensemble ils avaient souvent organisé des battues et rapporté triomphalement les cerfs qu'ils avaient tués.

— Je suis content de vous voir, Andrew, dit Napier en lui tendant la main.

Il s'enquit ensuite poliment de la santé de sa famille.

— Mais je ne vous demande pas ce qui vous amène ! Avez-vous découvert quelque chose ?

— J' saurais pas dire, milord, si c'est vraiment important... commença le chasseur.

Dès qu'il eût compris de quoi il retournait, le marquis envoya sur le champ vérifier si Sona se trouvait au château. C'est alors qu'il apprit que le père de la jeune fille était fort embarrassé car il l'attendait pour la présenter à plusieurs membres du clan réunis dans le parc depuis les premières heures de la matinée. En écoutant le récit du marquis, le colonel s'exclama :

— D'après ce que vous me dites, Sona et cet homme devaient se trouver près du tunnel des Vikings. Je lui en ai parlé hier.

Le marquis n'eut pas besoin d'en entendre davantage, il se mit aussitôt en route, avec le chasseur et les hommes qu'il avait envoyé chercher pour l'aider, à une allure qu'il eût été impossible au colonel de soutenir.

— Comment as-tu pu suivre ce Torquil dans un endroit pareil ? demanda le colonel dès que Sona eut suffisamment recouvré ses esprits pour lui répondre.

— Il a dit... qu'il pensait... savoir... où on trouverait le corps de lady Jean.

La tentative de meurtre dont la jeune fille avait

été victime et la découverte du corps de lady Jean auraient sans doute suscité une émotion beaucoup plus vive, si un autre événement plus sensationnel encore n'était survenu. En effet, en apprenant que Torquil, un McLarron, avait assassiné sur ses terres une McBora, le duc était entré dans une colère si violente qu'il avait été terrassé par une crise cardiaque.

Sona entendit bien le tocsin, qu'on ne sonnait que pour la mort du chef, mais elle n'en comprit pas la raison. Puis son père pénétra dans sa chambre, s'assit près d'elle et lui apprit la nouvelle. Sona ne put se défendre d'en éprouver une certaine joie. A présent, le marquis pourrait prendre la place qui lui revenait de droit, à la tête du clan, il ne vivrait plus dans l'ombre de son père et ne risquait plus d'être victime d'une nouvelle machination de sa part. Mais elle ne dit rien et écouta le colonel jusqu'au bout.

— Après les funérailles, nous rentrerons chez nous. Napier aura beaucoup à faire et il n'aura sûrement pas besoin d'une maison remplie de parents. Elle laissa échapper un petit soupir. Le colonel ajouta, anticipant la question que Sona, trop faible encore, n'avait pas formulée : il faut décider du sort de Torquil. Je m'en veux de ne pas t'avoir révélé qui il était, mais après l'interdiction que t'avait faite le duc de lui parler, je n'ai pas imaginé une seconde que tu passerais outre.

Sona se sentait coupable. Non seulement elle avait parlé à Torquil quand ils s'étaient rencontrés par hasard près du cairn et dans la forêt, mais elle avait cherché délibérément à le voir et elle lui avait demandé son aide. Elle hésitait à l'avouer à son père.

— C'est une histoire si déplaisante que je n'avais guère envie de te la relater, reprit le colonel. Mais, à présent, je pense que tu dois connaître les mobiles de ses actes.

— Je veux savoir, papa.

— La première fois que je suis venu au château, il y avait une domestique très jolie appelée Bessie Ross. Tout le monde l'aimait bien et, comme elle se montrait très efficace, elle avait rapidement pris du galon : malgré son jeune âge, on l'avait nommée gouvernante. Le duc fut scandalisé quand Bessie lui annonça qu'elle attendait un enfant dont le père était un invité qui avait séjourné au château. (Sona comprit alors pourquoi Torquil avait l'allure d'un gentilhomme.) Le duc se sentait un peu responsable et il donna à Bessie une maison dans le village. Il fit éduquer l'enfant dans une école d'Edimbourg. Bessie était bien sûr devenue un objet de mépris ici, mais cela n'avait pas l'air de l'affecter outre mesure. Quant à Torquil, en grandissant, il se considéra, pas tout à fait à tort, d'une condition supérieure aux autres garçons de son âge, qui n'avaient pas reçu la même éducation que lui.

— Et cela l'a aigri, murmura Sona.

— C'était inévitable, je crois, approuva le colonel. Quand il a atteint sa majorité, il a commencé à se faire appeler Torquil McLarron au lieu de prendre le nom de sa mère, Ross.

— En avait-il le droit ?

— Absolument pas, mais il est venu voir le duc et lui a annoncé être le fils d'un McLarron : le cousin germain du chef lui-même.

Sona se souvint alors des paroles de Torquil et demanda :

— Etait-ce vrai ?

— Bien sûr que non ! Bessie n'avait rien dit de semblable quand elle avait avoué au duc qu'elle était enceinte ; il n'avait même pas été question que le père pût être un McLarron. Mais Torquil soutint que, non seulement il était le fils de Neil McLarron mais que celui-ci avait épousé sa mère par déclaration et qu'il était en mesure de produire des témoins pour le prouver.

Sona comprit alors pourquoi Torquil lui avait proposé un mariage identique : peut-être l'aimait-il, à sa façon, mais surtout cela lui donnait la possibilité de réaliser ses ambitions et de devenir un membre du clan. Mais elle n'interrompit pas son père, qui poursuivit :

— Le duc a refusé de reconnaître le bien-fondé de ses prétentions mais, depuis lors, il craignait que Torquil ne provoquât un scandale. Car, s'il était réellement le fils légitime de Neil McLarron, tant que Napier n'avait pas d'enfant, Torquil venait juste après lui dans l'ordre de succession.

— C'est incroyable ! s'exclama Sona.

— C'est malheureusement ainsi que fonction-

nait son esprit perverti. Et, bien entendu, les fiançailles forcées de Napier avec Jean McBora ont
ruiné ses espérances.

— C'est pour cela... qu'il l'a... assassinée !

— Exactement ! Mais je ne comprends pas
pourquoi il a voulu te tuer aussi.

Elle dut alors dire la vérité à son père. Elle lui
révéla les avances de Torquil, lui avoua avoir été
avec le marquis à l'heure où Angus prétendait
l'avoir vu précipitant lady Jean du haut des falaises. Elle ajouta timidement que, Torquil se prétendant amoureux d'elle, elle avait cru qu'il inter-
viendrait auprès d'Angus pour que celui-ci recon-
nût son erreur.

Pendant sa confession, Sona serrait la main de
son père mais, contrairement à ce qu'elle craignait, il ne manifesta aucune colère en apprenant
la triste vérité.

— Je ne peux que rendre grâce à Dieu, ma chérie, de t'avoir épargné une mort à laquelle tu
avais une chance sur un million d'échapper, se
contenta-t-il de déclarer.

— Je regrette... d'avoir été... si stupide.

— On peut comprendre, étant donné les circonstances. Je raconterai tout cela à Napier mais
je suis à peu près sûr que cela restera entre nous.

— Et... Torquil ?

— Il a disparu dès qu'il a su que l'on t'avait
ramenée au château saine et sauve.

— Comment s'est-il enfui ?

— On l'a vu quitter la baie dans son bateau.

— Pensez-vous qu'il reviendra ?

— Je pense, répondit le colonel en haussant les épaules, qu'il va essayer d'atteindre Aberdeen, bien que ce ne soit pas tout près. Mais, si le temps se gâte, il risque fort de se noyer. En tout cas, je suis presque certain qu'on n'entendra plus jamais parler de lui, sous quelque nom que ce soit.

Après le départ de son père, Sona s'endormit. A son réveil, les cornemuses jouaient des marches funèbres.

Quatre jours plus tard, elle s'embarquait avec son père sur le bateau qui devait les ramener dans le Sud.

*
* *

C'est Napier qui avait choisi pour eux ce moyen de transport, pensant qu'il serait plus confortable. Le nouveau duc avait été fort occupé par l'organisation des funérailles qui avaient été suivies de la cérémonie de son intronisation comme chef du clan. Mais, bien que rien n'eût été dit, Sona savait qu'il ne pensait qu'à elle comme elle ne pensait qu'à lui.

Comme c'était la coutume en Ecosse, les femmes n'avaient pas assisté à l'enterrement ; elles avaient seulement été admises à rendre un dernier hommage au duc qui reposait dans le grand salon. Un étendard lui servait de linceul et une garde d'honneur, composée de quatre membres du clan, était relevée toutes les deux heures.

Le colonel, soutenu en cela par le médecin, avait jugé Sona trop fragile et l'avait dispensée de cette épreuve. Et elle avait gardé la chambre jusqu'à la fin des funérailles.

Napier, de son côté, avait parlé au colonel et lui avait fait part de son intention d'épouser Sona dès que possible. Désirant organiser au mieux sa nouvelle vie, il avait cependant insisté pour que leur idylle demeurât secrète quelques mois.

— Il pense à toi, ma chérie, avait expliqué le colonel, et moi aussi. Nous allons donc retourner dans le Derbyshire et y demeurer jusqu'à ce que vous puissiez vous marier. Nous reviendrons alors ensemble en Ecosse. Répondant à une interrogation muette de sa fille, il précisa : Napier m'a fait don d'une propriété située dans les environs. Ce sera comme si je rentrais à la maison.

— Oh ! papa ! c'est merveilleux. Je sais que vous serez heureux et même quand je serai mariée, je veux que vous soyez près de moi.

— Je sais, répondit le colonel simplement. Et tu as raison, je serai très heureux.

Afin de ne pas risquer de trahir leur secret, Sona n'avait vu le nouveau duc que quelques minutes avant leur départ. C'est le colonel qui l'informa du lieu du rendez-vous.

— Je pense qu'avant de partir, tu devrais monter à la tour nord, lui dit-il, la vue y est très belle. Je suis sûr que tu trouveras toute seule le chemin.. (L'expression radieuse de Sona lui indiqua qu'elle avait parfaitement compris le message.) Je t'accompagnerai jusqu'au grand salon et j'y resterai, si tu as besoin de moi...

En réalité, il voulait la protéger contre toute intrusion et tout soupçon. Elle vola plutôt qu'elle ne marcha en direction de l'armurerie. La porte de la tour était ouverte.

Elle était de nouveau dans les bras de Napier et il l'embrassait sauvagement, passionnément. Par son baiser, il lui fit comprendre qu'il avait été bien près de la perdre et qu'il le savait. C'est seulement quand ils se furent assis sur la dernière marche de l'escalier, comme l'autre fois, que Sona put articuler :

— Je vous aime !

— Votre père m'a raconté que vous étiez partie à la recherche de ce monstre pour tenter de me sauver. Ma chérie, comment avez-vous pu prendre un tel risque ?

— Comment... aurais-je pu deviner... qu'il était le... meurtrier ?

— Nous ne devons plus en parler. Je suis terrifié à l'idée que j'aurais pu ne jamais vous retrouver.

— J'ai prié pour que vous y parveniez.

— J'avais complètement oublié l'existence du tunnel des Vikings. Il fallait être Torquil pour penser aux possibilités qu'il offre si l'on veut se débarrasser discrètement de quelqu'un.

— Et ce trou, au milieu du tunnel ?

— Il permettait aux fugitifs de puiser de l'eau douce quand ils se cachaient des Vikings. Au début, ce n'était qu'un petit puits qui devait servir aux occupants du fort. Il fait près de dix mètres de profondeur et l'eau provient d'un ruisseau souterrain qui descend des collines.

— Et c'est là... qu'on a trouvé... lady Jean ? demanda Sona très bas.

— Torquil a dû la pousser la tête la première et elle a perdu connaissance en heurtant les pierres, en bas. Il n'y a pas beaucoup d'eau mais c'est suffisant pour se noyer, si on est face contre terre. (Sona, horrifiée, retenait son souffle.) Par temps de tempête, en hiver, le ruisseau grossit et le corps aurait pu être emporté vers la mer. Il observa une pause puis poursuivit, d'une voix changée : et cela aurait pu vous arriver, mon amour !

Il l'embrassa à nouveau. Elle était dans ses bras, il l'embrassait et c'était si merveilleux que Sona oublia tout ce qui n'était pas leur amour et la petite flamme vacillante qui se ranimait en elle.

— Il est temps de retrouver votre père, ma chérie, dit Napier qui rompit ainsi leur extase mutuelle. Vous partez demain. Je vais vivre dans une indicible angoisse jusqu'à votre retour. Mais cela ne devrait pas être très long.

— Combien de temps ? demanda-t-elle d'une voix hachée, tant elle était troublée par les sensations qu'il avait fait naître en elle.

Le cœur de Napier battait aussi à tout rompre et le feu de son regard disait clairement combien il la désirait.

— J'en ai parlé avec votre père, finit-il par répondre.

— Et qu'a-t-il dit ?

— Il pense que ce n'est pas nécessaire que nous attendions jusqu'à la fin du deuil officiel, c'est-à-dire douze mois. Nous pourrions nous marier à Noël.

— Oh !... Napier !

Les yeux de Sona brillaient comme des étoiles. Puis la coquetterie féminine reprenant le dessus, elle ne put se défendre de demander :

— Etes-vous... bien sûr de ne pas m'oublier... d'ici là... ou de changer d'avis ?

— C'est moi qui crains que vous ne tombiez amoureuse d'un autre. S'il y a le moindre risque, je préfère vous épouser sur-le-champ et au diable le qu'en-dira-t-on !

— Je le voudrais... tant, murmura Sona, mais ce serait une erreur pour vous... cela choquerait le clan.

Le nouveau duc eut alors ce sourire cynique qu'elle lui connaissait.

— Ils m'épient. Ils voudraient bien savoir si les mensonges de Torquil et tout ce que l'on a raconté sur ma vie dans le Sud, si tout cela est vrai.

174

— Moi, je sais à quel point vous... êtes merveilleux... et vous correspondez à ce dont ils ont besoin... à ce qu'ils veulent... C'est pourquoi... nous ne pouvons nous permettre le moindre impair.

— Je suis sûr que, guidé et inspiré par vous, je serai un chef modèle.

— Vous serez le cœur du clan. C'est tout ce que je désire pour vous.

Il prit à nouveau sa bouche et, ne pouvant plus parler, Sona se laissa aller à ses sensations.

*
* *

Un brin de gui à la main, Sona revenait lentement à la maison. Le froid était vif et elle marchait avec précaution le long des allées verglassées. Dans une semaine, ce serait Noël et, chaque matin en s'éveillant, elle se disait que, dans quelques jours, dans quelques heures peut-être, elle reverrait Napier.

Son cœur avait bondi dans sa poitrine en lisant, dans la rubrique mondaine du *Times* qu'il avait regagné Londres pour se mettre à la disposition du Roi. Elle savait qu'une autre raison, plus personnelle, l'avait incité à quitter le clan. En apprenant le rôle joué par le duc durant la visite de Sa Majesté à Edimbourg, au mois d'août, elle s'était sentie seule et abandonnée. Les journaux avaient rendu compte, avec force détails, de l'accueil réservé au souverain et de la sensation qu'il avait provoquée, pendant le bal, en demandant que l'on exécutât des branles écossais. Parmi les nobles des Highlands qui étaient venus le saluer, se trouvait le nouveau duc d'Inverlarron, que le Roi avait particulièrement distingué.

Elle lui écrivait et il répondait par de courtes lettres, avares de détails, dans lesquelles il parlait surtout de son amour pour elle. Mais Sona comprenait qu'il lui était difficile de s'exprimer par écrit. Bien que, de son côté, elle décrivit sa vie avec son père, elle sentait que, pour Napier comme pour elle, seuls comptaient les mots d'amour qui terminaient leurs lettres. Et leurs mains qui avaient touché le papier...

Il ne lui avait pas dit quand il viendrait dans le Derbyshire. Mais elle savait que le moment approchait et elle trompait son attente en préparant son trousseau, dont chaque robe était importante, puisqu'il allait la voir dedans. Elle craignait toujours un peu qu'il ne la trouve terne et provinciale, qu'il ne la compare aux belles Londoniennes qu'il avait connues durant son long séjour dans la capitale. Au fond d'elle-même, cependant, elle savait ses craintes vaines : ne s'appartenaient-ils pas à tout jamais ?

En dehors de la préparation de son trousseau, Sona avait été très affairée à emballer, en prévision de leur prochain départ pour le Nord, les trésors que ses parents avaient accumulés au fil des années. A présent, la maison était vide, à l'exception de leurs chambres à coucher et du salon où ils se tenaient habituellement. Ils devaient emporter tant de choses : tableaux, porcelaines, livres, bibelots et babioles que sa mère avait aimés, souvenirs des heures heureuses qu'elle avait connues avec son mari et sa fille.

— Je sais que je vais chez moi quand je vais dans le Nord, avait déclaré le colonel. Mais j'éprouve malgré tout le besoin d'emporter ma maison avec moi.

Sona comprenait cela et c'est pourquoi elle avait décidé d'arranger elle-même la nouvelle demeure de son père pour qu'elle ressemble, autant que possible, à celle où il avait vécu si longtemps et si heureux avec sa femme.

Elle continuait d'espérer que, peut-être, il trouverait quelqu'un avec qui partager sa vie, mais elle savait aussi ce que représentait pour lui le fait de vivre avec les siens et de pouvoir pêcher et chasser à loisir. Sona se sentait si heureuse qu'elle chantonnait en passant du verger au jardin. Elle jeta un coup d'œil vers la maison et aperçut, dans la cour, une voiture attelée de six chevaux. Son cœur bondit. Elle releva les pans de son long manteau bordé de fourrure et se mit à courir.

Elle se précipita dans la maison et, sans s'arrêter, s'engouffra dans le salon.

Il était là, debout, face à la cheminée et elle demeura figée sur le seuil, à le regarder, les yeux

étincelants de joie. Elle fut frappée par le change-
ment opéré en lui. Puis elle réalisa que, pour la
première fois, il n'était pas en kilt : il portait la
veste classique et les pantalons collants, couleur
champagne, du parfait gentilhomme anglais. Ses
bottes à la Souvarov étaient polies comme des
miroirs et sa cravate blanche nouée à la dernière
mode. Mais seuls importaient à Sona l'expression
du regard et le sourire sur les lèvres.

Ils restèrent ainsi à se regarder ; l'intensité de
leurs sentiments semblait faire vibrer l'air
autour d'eux. Le duc ouvrit enfin les bras. Le
charme qui retenait Sona sur le seuil se rompit et
elle se précipita vers lui.

Il la pressa sur son cœur et se pencha sur ses
lèvres. Elle comprit alors combien elle avait été
stupide de craindre qu'il l'oubliât. Il la désirait
autant qu'elle le désirait et, à présent qu'ils
étaient réunis, rien ni personne ne pourrait
jamais les séparer.

— Vous... m'avez manqué ! murmura-t-elle.

— Et vous m'avez manqué aussi, ma chérie, dit
le duc d'une voix grave.

Il repoussa le capuchon bordé de fourrure de
Sona.

— Ma fiancée de Noël ! Je ne veux pas perdre
une seconde de plus !

— J'ai l'impression... d'avoir attendu des... siècles, murmura-t-elle.

Alors il l'embrassa. Et elle s'abandonna tout
entière à l'exigence de ses lèvres.

Beaucoup plus tard, il lui ôta son manteau ; elle s'assit à côté de lui sur le sofa, près du feu et posa la tête sur son épaule.

— J'ai tout préparé. Mon aumônier arrive demain et il nous mariera selon le rite écossais dans la première église qui voudra bien nous accueillir.

— Demain ! s'exclama Sona surprise.

— Je veux vous avoir quelque temps pour moi tout seul avant de retourner en Ecosse, ma chérie, et de subir toutes les festivités qui accompagnent le mariage d'un chef.

— J'aimerais... tant qu'il en soit ainsi !

— Mais c'est bien mon intention, répondit Napier d'un ton ferme. Et pour être sûr de passer une vraie lune de miel, j'ai loué une maison non loin d'ici.

— Nous y serons... seuls ?

— Complètement seuls. Le vicomte de Curzon est à Londres auprès du Roi. Kedleston vous enchantera : c'est l'endroit idéal pour vous parler d'amour et vous apprendre à m'aimer, ma chérie.

— Je vous aime... déjà.

— Pas autant que je le voudrais. Il la serra davantage contre lui et ajouta : j'ai peur, terriblement peur à l'idée que je pourrais vous perdre au tout dernier moment comme cela a déjà failli arriver.

Il pensait à la tentative de meurtre dont elle avait été victime mais aussi à ses fiançailles forcées avec lady Jean. La pensée des dangers auxquels ils avaient échappés lui étant insupportables, Sona changea de sujet.

— Parlez-moi du clan.

Le duc sourit, comme s'il lisait dans ses pensées.

— Sans forfanterie, je crois qu'ils sont contents de m'avoir pour chef. J'ai engagé beaucoup de réformes dont je veux vous parler. On va construire des logements, des écoles et j'espère que cela permettra l'implantation de nouvelles industries qui rendront prospères les plus démunis.

— Je suis prête... à vous aider.

— J'y compte bien. En fait, mon amour, nous allons avoir tant à faire que nous ne pourrons que rarement venir à Londres et donner l'occasion au Roi et à la haute société d'admirer votre beauté.

— Il me suffit seulement de savoir que *vous* me trouvez belle, murmura Sona.

— Je vous le répèterai chaque jour, à chaque moment que nous passerons ensemble, promit le duc. Et, pour vous convaincre, je vous embrasserai.

Il la bâillonna d'un baiser. Quand il releva la tête, il laissa errer ses doigts sur le visage et le menton de la jeune fille.

— Vous êtes la femme dont j'ai toujours rêvé et que j'ai toujours espéré rencontrer, dit-il. Je craignais tant d'être déçu.

— Je tâcherai de ne pas... vous décevoir, dit Sona à voix basse.

— Il n'y a aucun risque que cela arrive. Ça n'est pas seulement votre beauté qui nous réunit mais quelque chose qui vient de notre cœur et de ce que vous avez appelé notre âme. C'est aussi l'âme de l'Ecosse.

— Je le crois, répondit Sona. Mais, mon chéri, mon merveilleux Napier, épousez-moi vite car cela ressemble tellement à un rêve que j'ai peur de me réveiller.

— C'est un rêve que nous ferons ensemble, dit le duc en riant tendrement. Et nous y associerons notre peuple pour que, durant le siècle à venir, l'histoire des McLarron soit faite de bonheur et d'amour et non de batailles.

— C'est ce que je voulais vous entendre dire ! s'écria Sona. C'est ce qui fera de vous un grand chef !

— Et c'est ce qu'avec votre aide je m'efforcerai d'être, promit le duc d'un ton sérieux qui témoignait de sa profonde sincérité.

Puis il embrassa Sona à nouveau.

L'Ecosse, le clan, les chefs, ils oublièrent tout ce qui n'était pas cet amour divin qui emplissait leurs cœurs.

NOTE SUR L'AUTEUR

La réputation de Barbara CARTLAND n'est plus à faire. Connue dans le monde entier, elle est l'auteur vivant le plus lu. Avec 350 titres, traduits en 17 langues, ses ventes ont dépassé les 350 millions d'exemplaires. Les Américains l'appellent « La star du roman rose ».

Pour la troisième fois consécutive, elle vient d'égaliser son record établi en 1976, en publiant, l'année dernière, 24 livres — soit un tous les quinze jours.

Vous trouverez dans le catalogue gratuit publié par les Éditions J'AI LU, la liste de ses ouvrages déjà parus dans la collection FLAMME.

DU MÊME AUTEUR

L'amour était au rendez-vous
Un serment d'amour
Une passion inattendue
Idylle à Calcutta
Deux cœurs au gré des flots
Un amour au clair de lune
Un amour étoilé

A PARAITRE

La puissance d'un amour.

Cet ouvrage a été composé
et imprimé par Aubin, à Ligugé

pour le compte des Éditions de Fanval
20, rue des Carmes, 75005 Paris

diffusion France et étranger : Flammarion

Achevé d'imprimer en février 1985